森村誠一の
「ねこ」写真俳句

しゃぼん玉はねて猫耳千切れたり

忍び足泥棒猫の冬支度

森村誠一の
「ねこ」写真俳句

君去りて温もりのある席を取り

通い猫ねだる度ごと背丈伸び

花を嗅ぐ風流猫や予定なく

夢さめて昼寝の後も予定なし

森村誠一の「ねこ」写真俳句

花越しの月ある下の猫の恋

キス猫と羨む人や春は外

通い猫歩武堂々と探す恋

花囲み時も止まれり見合い猫

路地通う猫の恋あり我独り

猫の恋ほどの恋なく露地の奥

樹に上り猿か猫かと問いただす

猫の恋破壊の使者に追われたり

森村誠一の「ねこ」写真俳句

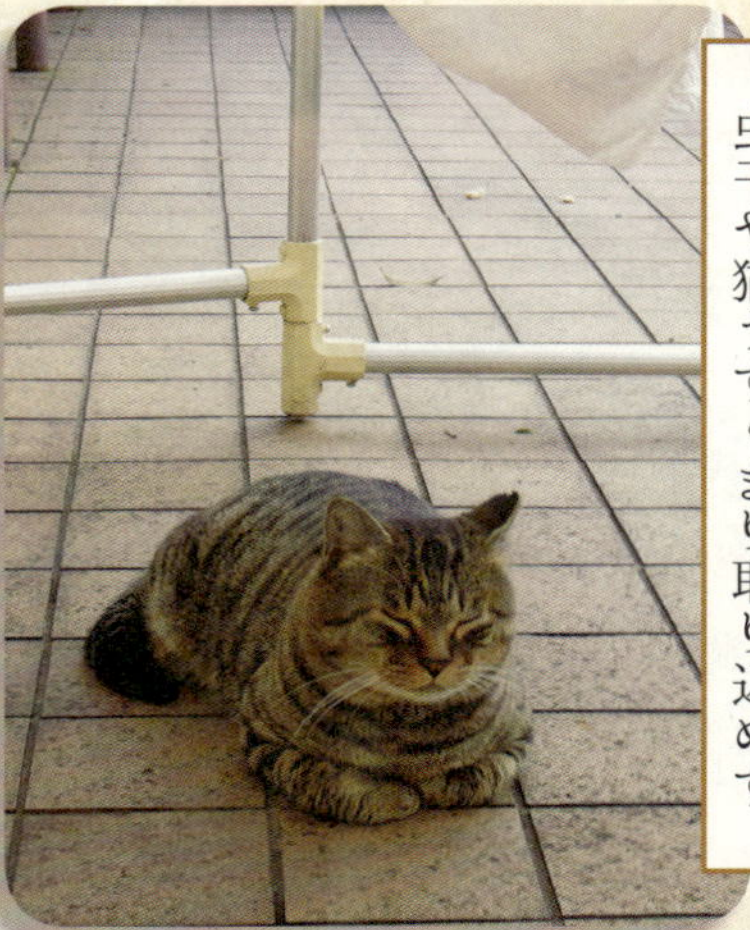

虫干や猫うずくまり取り込めず

濡れ猫のありつく餌や梅雨の味

花よりも食卓覗き猫の朝

客去りて灯火親しむノラ上がり

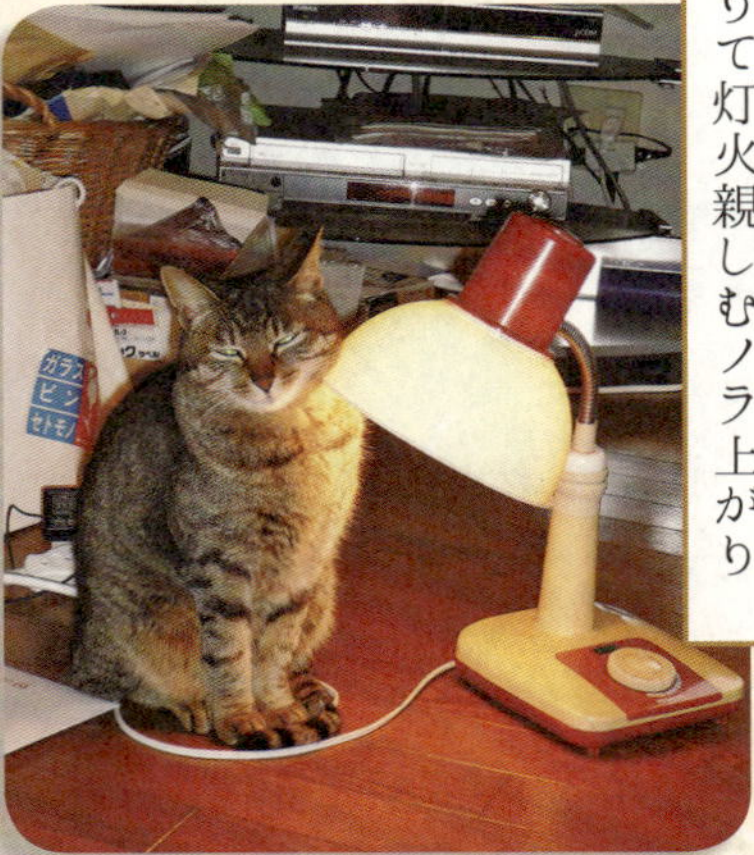

森村誠一の「ねこ」写真俳句

森村誠一の「ねこ」写真俳句

家猫とノラの差別や天高し

猫の影余生と共に日脚伸び

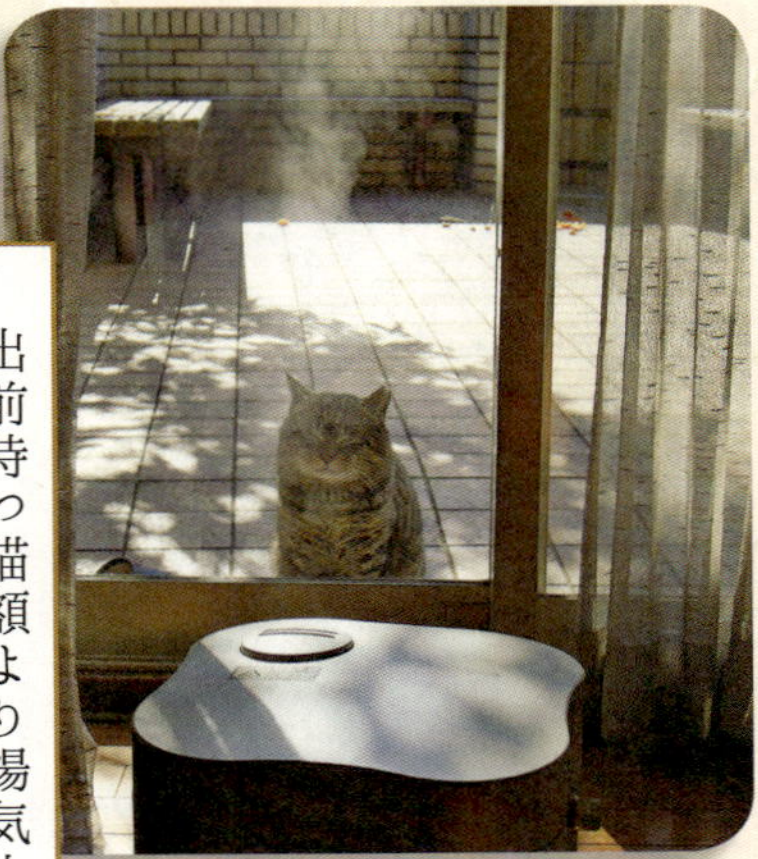

出前待つ猫額より湯気立てて

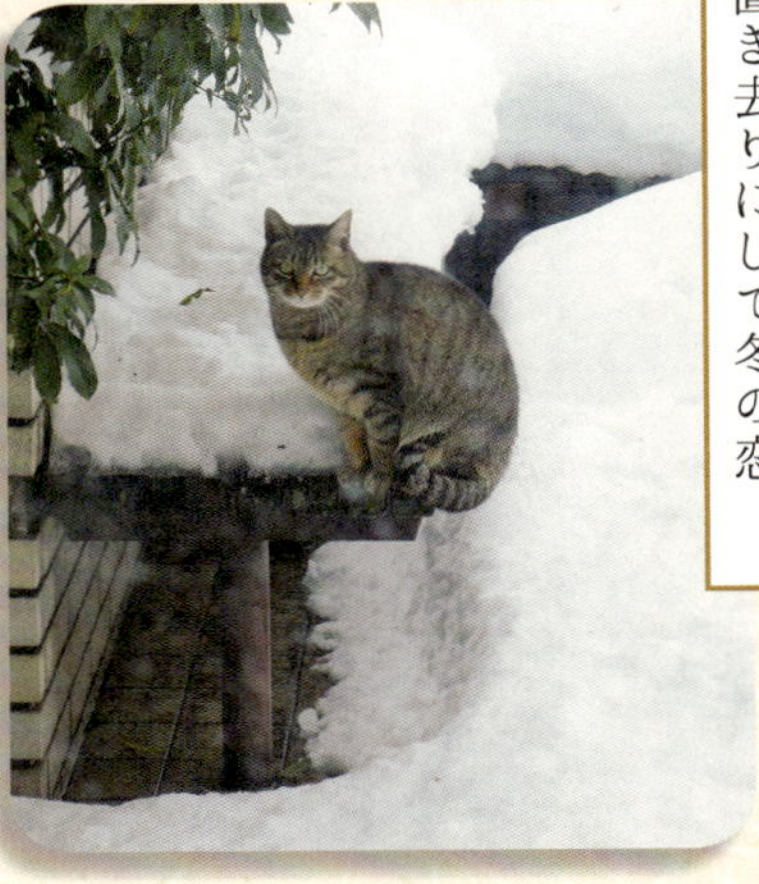

唇を置き去りにして冬の恋

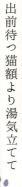

満天の星凍りても生きており

内外の差別を恨む通い猫

森村誠一の「ねこ」写真俳句

やせこけて独りで生きる野良の冬

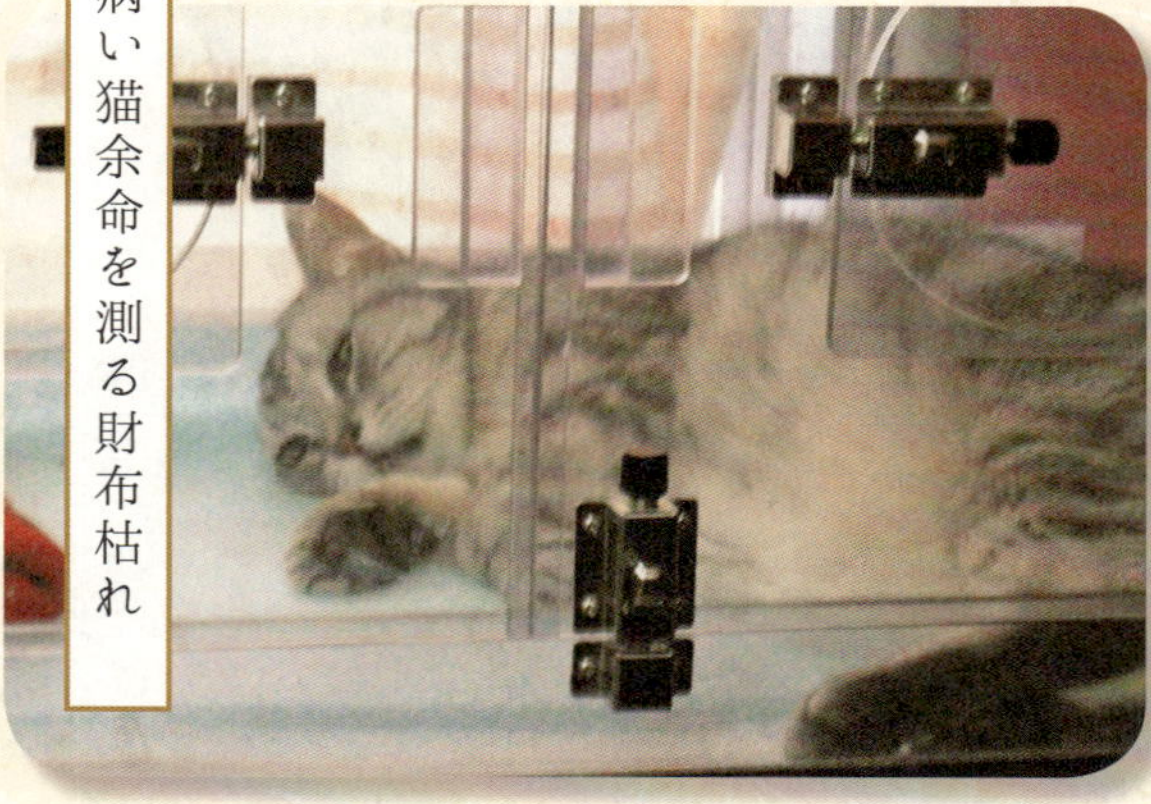

病い猫余命を測る財布枯れ

通い猫先着順に餌を待ち

猫もまた約束《アポ》なく来《きた》る昼寝時

隣家との境に昼寝七十年

世はすべて事なく円《まる》し眠り猫

昼寝猫自由と飢えを替えにけり

猫枕飼い主起きずに寝たまんま

講談社文庫

ねこの証明

森村誠一

講談社

ねこの証明　目次

Contents

Contents

Contents

森村誠一×講談社文庫

100冊記念スペシャル・エディション

ねこの証明

口絵・本文写真　森村誠一

口絵・目次・扉デザイン　片岡忠彦

森村誠一の

「ねこエッセイ」

運命の猫

人間の生活に最も深く関わっている動物は猫と犬であろう。そして猫派と犬派は真っ二つに分かれる。宮本武蔵のような二刀流もいるが、少数派である。

我が家は歴代猫派である。なぜ猫派になったのか、その辺のところは語り伝えられていないが、初代は野良が迷い込んで来て居ついてしまったらしい。初代からコゾと名づけられ、五、六代つづいた。コゾの次は現在のメイになっている。

メイも野良猫であったのが、我が家に迷い込んで来て、出て行かなくなった。白毛の中に三つの黒毛のハートマークがついている猫である。ペットショップで買ったり、他の人からもらったりしたのとちがって、本人（猫）の意志によって我が家に入り込んで来たことに、運命的な縁《えにし》を感じた。

なぜ猫なのか。猫は犬ほど人間の役に立たない。たとえば強盗が入ったり、飼い主が窮地に陥ったりすると、犬は命を賭《と》して主人を守ろうとする。だが、猫は真っ先に逃げ出してしまうであろう。飼育目的別にしても、犬は愛玩《あいがん》犬をはじめ、番犬、軍用犬、警察犬、牧羊犬、猟犬、闘犬、盲導《アイメート》犬、救助犬、輓曳《ばんえい》（ものを引く）犬と多彩である。

それほど人間に役立つ犬に比べて、猫は家の中でのらくら眠っていたり、日向《ひなた》ぼっこをしていたり、ほとんどなにもしないのにもかかわらず、犬は愛玩犬を除いて、屋外の犬小屋に隔離されているのに対して、猫は家の中に迎え入れられ、人間同様に待遇されている。この差別はなぜであろうか。

しかも、差別は猫の間にもある。飼い猫は人間の手厚い保護を受けて二十年近くも生きるのに対して、野良の平均寿命は二、三年である。同じ猫でありながら、飼い猫と野良猫の差別は著しい。

その点、犬は保健所がどんどん狩り尽くして、野良犬はほとんど見かけない。飼い主による待遇のちがいはあっても、猫のような差別はない。だが、その差別のおかげで野良猫でも、二、三年は生きられる。

飼い主にしてみれば、理由などない。とにかく自分の猫が可愛くてたまらないのである。飼い主にとっては愛猫の仕種《しぐさ》一つ一つがどうしようもないほど可愛らしい。炬《こ》燵《たつ》の上や日溜《ひだ》まりに丸くなって寝ている姿や、箱座りという、前足を胸の下に折り曲げてうずくまっている姿などを見かけると、触りたくなる誘惑にほとんど耐えられない。猫が常に視野の中に入る家庭は安定感があって平和的である。

その点、使役犬が家の中に上がり込んでいると、どうも違和感がある。犬にしてみれば、自分たちの方がはるかに人間の役に立っているのに、大いに不満であろう。

私の母親は当初、あまり猫が好きではなかった。

「猫なで声で甘えているくせに、背中を向けると舌を出している」

と言って、猫に冷たかった。

だが、私が小学生低学年のころ、二代目か三代目のコゾが、深夜、二階の寝室の枕《まくら》許《もと》に来て鳴いた。いつもとちがう鳴き声に目を覚ました私は、ふと異臭を嗅《か》いだ。コゾは階段の上に行って、さらに鳴いた。コゾに引かれる形で階段の下り口に行った私は愕然《がくぜん》とした。階下が烟《けぶ》っている。私は咄嗟《とっさ》に火事だと叫んで、両親や家族を叩《たた》き起こすと、階下に駆け下りた。

炬燵から朦々《もうもう》と煙を発しており、母は竈《かまど》の上に水のあんばいをしてといであった米入りの釜を取って来て、米ごと炬燵にかけた。発見が早かったので、小火《ぼや》のうちに消し止められた。最後の訪問客の煙草《たばこ》の火が炬燵蒲団《ぶとん》に残っていて、くすぶり始めたらしい。危ないところをコゾによって救われたのである。

それ以後、母親のコゾに対する態度は一変した。大の猫嫌いであった母が、コゾを目に入れても痛くないような、文字通りの猫っ可愛がりをするようになった。

また、いつのころからか、恐ろしく不細工な黒猫が我が家に立ち寄るようになった。目は目やにだらけ、全身に擦《す》りむけの湿疹《しっしん》が広がり、口は充分に閉じられず舌の先が少し覗《のぞ》いて、いつも涎《よだれ》を垂らしている。まさに化け猫を絵に描いたような面相をしていた。

なにかの弾みに、家人や私が餌《えさ》をあたえたのに味をしめて、戸外の仕切り戸に影のように張りついている。だが、決して懐くことはなく、手を伸ばしても身体に触れさせない。餌だけ取ってさっと逃げる可愛げのない猫であった。

それでも次第に距離を縮めてきて、仕切り戸が開いていると、そろりそろりと家の中に入り込むようになり、家人の足音を聞くとさっと逃げ出した。だが、一定の距離を保って安心したように昼寝をするようになった。

そんな猫でも、我が家をテリトリーに居つくようになると可愛くなる。数日、旅行をしたりして不在の間は、気になる。餌をまとめて置いてきてあるが、他の野良猫も立ち寄るので、足りなくなるであろう。久しぶりに帰宅して、仕切り戸に影のように張りついている黒いシルエットを見かけると、ほっとする。

そんなクロが、不在にしてもいないのに姿を見せなくなった。見るからに不健康であったので、その辺で野垂れ死にをしたのか、あるいは猫狩りに捕まったのかと案じていると、十日ぶりぐらいに、秋の夕方、塀《へい》の上に姿を見せた。安心した家人が「クロ」と呼びかけて餌をあたえようとすると、一声長く鳴いて、フェンスから外側に飛び下りた。まるで夕陽に身を投げたように見えた。

その翌日、近所の人が、「おたくのクロが近くの空き地で死んでいる」と伝えてくれた。私の家で餌をやっていたので、うちの飼い猫だとおもったらしい。クロは自分の寿命を悟って、別れを告げに来たのだとおもった。野良でも「一飯」の恩を知っていたのであろう。死んだクロを丁重に葬りながら、あらゆる動物の中で猫が人間に最も近い位置にいるのは、犬のように目立った貢献はしないが、運命的な愛らしさを持っているからではないかとおもった。人間と犬は紐《リード》で結ばれているが、人間と猫は運命の糸によって結ばれているような気がする。

その証拠に、猫は犬のようにリードにつないで散歩に連れ出せない。目に見えない運命の糸によってつながれているので、紐が馴染《なじ》まないのである。

猫の大将首

人間に最も近い動物は猫と犬であろう。猫と犬は対照的である。犬は実用という意味では、具体的に人間にずいぶん貢献しているが、猫はほとんどなんの役にも立たず、のらりくらりと暮らしている。そのくせ猫は愛玩《あいがん》犬を除いて、屋外の犬小屋に隔離されている犬よりも、家の中で飼い主に密着して優遇されている。猫の方が犬よりも格段に人間の待遇がよいようである。それは猫の価値が実用的な有用性ではなく、人間の心の癒《いや》しにとって最も近い位置にいるからではないだろうか。

実際に猫のいる家庭は、いない家よりも平和的に見える。夫婦喧嘩《げんか》、家族の対立、経済的破綻《はたん》、あるいは孤独な暮らし、失恋など、不安定な、あるいは荒廃した人間の環境の中でも、猫がいるだけでずいぶんと救われる。ホームレスにも猫を飼っている人がいる。

飼い主のいない猫、つまり野良猫でも、猫の姿が全く見えない街はどうも信用できない。一匹の野良猫の姿も見えない、しんと静まり返った高級住宅街には人間の体温が感じられない。

私の十代前半、太平洋戦争末期から戦後の混乱時代、昭和十九年（一九四四年）以後、敗戦後数年にかけて、私の郷里の町から猫の姿が消えた。私の家の朝食の膳《ぜん》に、まず卵が現われ、そして街角に猫の姿を見かけるようになってから、私はようやく日本に平和が回復したのを実感した。我が家もそのころから猫を飼い始め、歴代「コゾ」と命名した。いまは「メイ」になっている。

コゾとの関わりはすでに紹介したので省くが、以後、我が家は終始変わりなく猫派である。飼い猫だけではなく、野良猫とも関わりが深い。餌《えさ》をよくあたえる家には野良猫が集まり、時には近所から猫害の源、猫屋敷として顰蹙《ひんしゅく》をかうこともあるが、野良猫にとってはオアシスである。我が家も猫屋敷ほどにはなっていないが、野良猫がよく餌をねだりに来る。

現在、他家の飼い猫を含めて、三匹の猫が立ち寄る。縄張《なわば》り争いをすることもなく、三匹代わる代わる立ち寄ることもあれば、一緒に姿を見せることもある。三匹にはいつの間にか序列が定まっている。不思議なことに家猫が最も威張《いば》っていて、最初に給食を食べ、次に野良A、最後に野良B、最も強そうで体の大きな猫の順である。なんだか逆のような序列であるが、この序列を人間が勝手に崩してあたえようとしても、猫は順番を崩さない。

野良にも種類があって、生まれながらの野良もいれば、主人の転居や移動に伴い捨てられた野良や、主人の死去によって無主となった猫や、自らの意思で家出したり、遊びに出たまま帰路に迷って野良化した野良もいる。また近所数軒が共同して飼っているような半飼半野良のようなたくましい猫もいる。

界隈に「帽子《ハット》」と家人が勝手に名づけた猫がいる。顔の毛並みが帽子を被ったように見えるところから名づけた。当初はA家の飼い猫とおもっていたが、B家の窓に大きな顔をして昼寝しているハットを見かけた。だが、それだけではなく、今度はC家のベランダに悠然とうずくまって日向《ひなた》ぼっこをしている姿を見つけた。ハットは三家に飼われ、それぞれ三つの名前を持っているようである。我が家人が名づけた名前を加えれば四つの名前を持っていることになる。しかも図々しいことに、ハットはどうやら我が家への侵入も企んでいるようであった。

このような共同飼育は犬にはない。猫には節操がないのか、あるいは博愛主義なのか、どちらにしても猫は犬よりもミステリアスである。

私の子供のころは、夜中になると、古い家の天井裏を鼠《ねずみ》が走り回った。そんなとき、母親はコゾを天井裏に押し上げる。すると、コゾがにゃあと鳴いただけで鼠が静かになった。ある深夜、母親がぎゃーとすさまじい悲鳴をあげた。びっくりして飛び起きると、母親の枕許《まくらもと》がどす赤く染まり、首を食いちぎられた鼠の死骸《しがい》が転がっていた。それ以後、母親はコゾを天井裏に押し上げなくなった。コゾにしてみれば、自分の手柄を飼い主に見せるために、昔の武士が大将首を誇るように持ち帰ったのであろう。

映画「ゴッドファーザー」に、ベッドに馬の生首を投げ込んでおくシーンがあったが、案外、「猫の大将首」からヒントを得たのかもしれない。

最近の猫は鼠を追わない。だいたい鼠が家の中にいなくなっている。当時は猫の飯は人間の残飯と相場が決まっていた。今日ではキャットフードであり、それも乾性と湿性、またさまざまな種類に分かれている。猫の舌もグルメになった。

猫は実用的な有用性が犬に比べてないといったが、私は猫から実に多種多様の恩恵を受けている。私の作品に登場する動物としては猫が圧倒的に多い。登場回数は長・短編、詩歌、俳句、数えきれないほどである。最近作では『地球から逃げた猫』。私の人生を通過して行った飼い猫、野良猫、多数の猫を入念に記録するために作品に書いた。このエッセイも、我が人生の猫を顕彰するためであるが、猫のいない私の人生をおもうと、ずいぶん寂しいものになったとおもう。

出前待つ猫額より湯気立てて

猫通う路地に不在の友訪ね

夕陽に身投げした猫

我が家の庭は、野良猫の通路になっている。毎度、常連が一日二、三回、通過して行く。

作家業に入ってから、我が家は猫を飼わなくなった。猫に縛られて身動きできなくなるからである。取材で海外に長期出張するときはもちろん、家族旅行や、避暑、避寒にも行けなくなる。

累代の猫派人間を、猫は感知するようである。猫勘《かん》によって、猫の好きな家と嫌いな家はわかるらしく、嫌いな家のテリトリーは避ける。

家を建ててから、最初の通行猫は全身黒毛、洟《はな》を垂らし、目やにだらけであった。どこか患っているらしく動きが鈍《にぶ》く、いつも舌を半分出して、よだれを垂らしていた、まさに化け猫であった。歳も取っているらしく、足取りもおぼつかない。

「クロ」と名づけたその黒猫は、ある日を境に、突然見えなくなった。家人がその前日の夕方、クロが塀《へい》の上にうずくまっている姿を見たと言った。

家人を見たクロは、にゃあ〜と一声鳴いて、折から西の方に没しつつある夕陽に向かって、身投げするように姿を消したそうである。きっと別れを告げに来たのだと、家人は涙ぐんだ。

それ以後、通りかかった黒猫を「代黒《だいこく》」と名づけた。代黒につづいて来た黒いちび猫を「ちび黒《くろ》」、その後に「ライオン」、「茶釜《ちゃがま》」、「くわんくわん」、「アメショー」、「因幡《いなば》」、「尾短《おたん》」と、続々ときた。命名の由来はおおよそわかるであろう。

その中で、ちび黒がいつの間にか家に入り込み、居すわってしまった。頭がよく、要領のよい猫で、家人の顔色をうかがいながら、取り入った。たちまち、ちび黒一匹のために、自由業は不自由業となり、ちび黒中心のライフスタイルとなった。

テキは人間の心を読み取るらしく、キャットフードに注文をつけ、最近はマッサージを要求するようになった。

悪いことに(家人はよいこととおもっているらしい)、他の常連猫が真似《まね》をするようになった。ご近所衆には猫が嫌いな人もいる。近隣に迷惑をかけず、お猫さまに対応するために、ない知恵を絞っている。

だが、猫派の人間は、猫に自由をかなり制限されていながら、猫なしには生きていけなくなっている。猫は、猫派の人間にとって、もはや動物ではなく、人生の伴侶《はんりょ》になっている。

食卓猫

ミスユニバース・キャット

猫は可愛い。あらゆる動物の中で、これほど人間に近く、すり寄って来るやつはいない。べつに猫被《かぶ》りしているわけではない。

犬もかなり頑張っているが、愛玩《あいがん》犬以外は家の中に入れてもらえない。その点、猫は猫穴を潜《くぐ》って、甘い顔をしていると、寝床の中にまで潜《もぐ》り込んで来る。外出から帰って来た猫は、どんなところにいたかわからない。ゴミ集積所の中で寝たり、ネズミやトカゲや鳥などを捕まえて、むしゃむしゃ食べてから、歯も磨かずに帰って来たのかもしれない。

家飼いの猫でも、トイレの砂をかきまわした足で平然とベッドや、時には食卓の上に飛び上がる。どんな愛猫でも、衛生面では人間よりは不潔である。だが、猫にはまった人は、どんなにきれい好きであっても、猫を不潔とはおもわなくなる。

お腹の中に寄生虫を蓄え、自分の肛門を舐《な》め、ネズミをばりばり食べた猫の口と、平然とキスする飼い主も少なくない。

猫にキスできないような輩《やから》は、猫を飼う資格がないというほどに、猫は紛れもなく家族の一員となっている。

人間の家族は必ずしもうまくいかない。一つの家に一緒に暮らしていても、しっくりいくとは限らない。「積み木の家」のようにDV（家庭内暴力）すら珍しくない現象である。

だが、猫を家族にしている家は、絶対に積み木の家ではない。DVもない。猫がいる家はおおかた平和であり、積み木の家も猫を中心にして仲良くなっていく。

私の家に入り込んだちび黒は、まだ採用通知を出していないのに上がり込み、でかい面《つら》をして家の中を闊歩《かっぽ》している。毛並みも決してよくないし、その辺のありふれた猫であるが、「ミス日本猫」のようなお高い顔をしている。

そして私も、野良上がり、半野良、半飼い猫の我が家のちび黒が、ミスユニバース・キャットに見えるのである。春になると、いや、その前から、お礼のつもりか、また恐るべきプレゼント（トカゲ、ネズミの首、小鳥など）をくわえて帰って来るであろう。家人が悲鳴をあげると、ちび黒は土産物に対する謝意と取っているようである。

白雪姫猫

キャット・シッター

ちび黒《くろ》はかなり我《わ》が儘《まま》な猫である。

五年前、雨に濡れそぼって、我が家の庭にうずくまっていたところを救われたにもかかわらず、我が儘放題、威張《いば》り散らしている。

まず一日に、家から何度出たり、また入ってきたりしているだろうか。家の中にいるときは、部屋の窓を出入り可能な程度に細く開けておかないと、開けろ、開けろとうるさい。

夏は、虫や蚊が容赦なく入り込み、冬は隙間《すきま》風《かぜ》が吹き込む。

眠くなると床の上に這《は》いつくばり、マッサージをしろとせがむ。放っておくと、一緒に遊べと呼びに来る。

まさか、野良が上がり込みを決め込むとは予想もしていなかったので、猫穴がない。

だが、さらに驚いたことは、自分がまだ正式な採用通知書をもらっていないのに、ほかの野良を我が家に招く。

茶釜《ちゃがま》や、ライオンや、代黒《だいこく》などは庭から入り込み、ちび黒の食堂でおもてなしにあずかり、満腹して帰って行く。居候が家の主のような顔をして、子居候を引き入れるようなものである。

だが、ちび黒を中心とする野良集団は、食べ物のおもてなしは受けても、家の中に居すわろうとはしない。

ちび黒の〝居室〟は、小庭に面した一室に限定されているが、一人、いや、一匹で放置されると、家の人間を呼び集め、マッサージ、撫で撫で《パッティング》などを求める。

それが、家事や、洗濯や、食事中でおつき合いできなくても、同じ部屋にいることを求める。一人、いや、一匹で放置されるのを好まないのである。自分と同じ空間を共有している家人の声が聞こえると、しごく満足の様子である。

つまり、家人にキャット・シッターを求めているのである。驚くべき我が儘であるが、家人の声をねこもり歌（猫子守歌）のように聞きながらうとうとし始め、アンモナイトに（丸く）なっていく。

そうなると、家人は動けなくなる。へたに動くと、アンモナイトが目を覚まし、またややこしいことになるからである。我が家の人間はいつの間にか、野良のキャット・シッターにされている。

白川昼寝猫

失脚猫《パワールーズ・キャット》

猫は個性が強い。複数の猫を飼っている人は、それぞれの個性に対応しなければならないので、かなり疲れる。

だが、その疲労も、飼い主にとっては癒《いや》しになるのである。

家の中に各猫の食堂、寝室、トイレ等を設置しなければならない。共同でもよい猫もいるが、個性の強い猫は、仲間外れにされて、鬱病《うつびょう》になることもある。

私の弟の家では、猫を数匹飼っているが、いずれも個性が強い。

弟一家が不在中、ホームレスが近くで焚火《たきび》をして失火したことがある。

幸いご近所衆に早期発見されて事なきを得たが、消防車が駆けつけるまで、煙にいぶされた猫の性格が変わった。

最も我《わ》が儘《まま》で喧嘩《けんか》が強く、近隣の野良の中でも連戦連勝の親分猫が、よほど怖かったのか、とてもおとなしくなって、最下位になった。

代わって、二位、三位、四位の猫たちが順繰りに昇格した。

そして、なんと順位順に、食堂、寝室、トイレ等も、親分猫の後をステップ・アップしながら相続したのである。

猫にも階級があり、人間よりもその遵守《じゅんしゅ》は厳しいらしい。

もっと面白いのは、猫のグループと一緒にダックスフントがいて、これが、連戦連勝の親分が凱旋《がいせん》して来たとき、全身に負った傷をぺろぺろ舐《な》めて治してやっていたのが、親分猫が最下位に落ちてから、もっぱら二位から昇格した一位猫の侍従のようになったことである。

失脚した前親分猫は、外にいちばん近い猫穴のそばの末席に小さくうずくまっている。飼い主は、これを不憫《ふびん》とみて、最も高価なキャットフードを前親分猫にあたえている。

だが、それも親分猫を相続した猫が奪いに来るという。

野良が少なくなったのは、避妊政策のせいばかりではなく、野良の家猫採用率が高くなったからとも考えられる。

野良の姿が減ったのは、失業率の減少と同じと考えれば救われる。

原発猫《ニュークリアー・キャット》

東日本大震災、特に福島第一原発の近隣地域のダメージは大きい。巨大津波の破壊力をまともに受けた三陸沿岸のダメージは言語に絶するものがあったが、放射能の直撃は受けなかった。

家族、仕事、財産、家や土地、親しかった人々などのすべてを失い、郷里を徹底的に破壊された人々は、絶望の淵《ふち》に叩《たた》き落とされた。粘り強い東北人は、そこから立ち上がった。

だが、原発周辺の被災者は放射能に汚染された郷里からすら追放され、除染が終わるまで近寄れなくなった。つまり、除染が終わるまでゼロ・マイナス（零下《れいか》）不明度数から再出発せざるを得なくなった。

被災者が失ったもので、ゼロ・マイナスの中には動物たちもいた。

牧場の牛や馬、そして家族として一緒に暮らしていた猫や犬までが、飼い主と強制的に分離されて、放射能の真《ま》っ只中《ただなか》に置き去りにされた。避難所は人間だけに限られ、連れて行けなかったのである。

飼い主だけが、辛うじて時間を制限されて帰宅を許され、置き去りにされた動物たちに食物をあたえに帰ったが、別れるときは断腸のおもいであった。飼い主は、動けなくなるまで車を追って来る動物を見ることができなかった。

平和で穏やかな毎日、共に暮らしていた彼らは、「家族同様」以上の存在であった。

人間の家族は、必ずしも仲がよくない。夫婦喧嘩《げんか》をしたり、家族同士が対立したり、親子関係が悪くなったり、同じ家に起居しながら、それぞれの個室に閉じ籠《こ》もり、めったに顔を合わせない家族もいれば、DV（家庭内暴力）もある。

猫は家にいるだけで平和の象徴になり、愛玩犬《あいがん》を除いた犬は、安全保障機器《セキュリティ》以上の忠実な番犬となる。彼らは人間の家族以上の存在である。

そんな猫や犬を置き去りにしなければならない飼い主の胸の裡《うち》は、どんなであったであろう。

お猫様、お犬様は、平和時のオーバーな待遇であるが、非常時は人間と差別すべきではない。

だが、避難所には動物が嫌いな人も集まる。やむを得ない差別というよりは、非常時の差別であり、動物は同じであるのに、人間が異常になっている。神の目から見れば、人間が差別されているのである。そして、その差別をつくりだしたものは人間自身であり、動物には関係ない。

置き去り猫

狩人猫《ハンター・キャット》 I

猫の嫌いな人間も少なくない。猫嫌いの人間は、猫が嫌う薬品を自宅の周囲にばら撒《ま》いたり、罠《わな》を仕掛けたりするので、ベテランの野良は近づかないが、仔猫がよく引っかかる。

また、稀《まれ》には殺鼠剤《さっそざい》を食べたネズミを捕食した猫がやられることもある。

今日ではネズミを捕らえる猫は少なくなっているが、中には依然として、ネズミの天敵として頑張っている野良もいる。

つまり、ネズミの天敵の天敵は人間であり、野良は人間を恩人か、天敵か、見分ける識別力をもたなければならない。

特に、野良が用心深いのは、人間を信じきっていない側面があるからであろう。

確かに猫嫌いの人にとって、猫は迷惑の源であろうが、猫のいない世界を考えるとき、人類は最も身近な動物を失ったことに気がつくであろう。

猫から享《う》ける迷惑などは、猫の恩恵と比べれば、極めて些細《ささい》である。

だが、猫嫌いの者にとっては些細ではない。例えば愛煙家にとっては、なくてはならない煙草《たばこ》が、嫌煙家にとっては、同じ空間を決して共有したくない。

煙害と猫害の決定的なちがいは、煙害は致命的であるが、猫害はそうではない。

煙草は百害あって一利なしであるが、猫害は我慢、猫嫌いが吠《ほ》える犬を飼っていれば協調、あるいは克服できる。嫌猫者が愛猫家に変わる可能性もあるが、嫌煙者が愛煙家に変わることはない。

猫の前で煙草を吸っても逃げない猫もいるが、嫌煙家の前で煙草を吸えば、たいてい逃げる。

愛煙家は禁煙しても生きていけるが、愛猫家が猫を失えば、生きていけないほどに絶望する。

もっと視野を広げれば、街から煙草が消えれば空気は清浄になるが、猫が消えた場合、猫のライバル、犬も消沈して街角は寂しく、人間味が薄くなる。

つまり、人間が住む街には猫がいなければならない。

別れ猫《グッバイ・キャット》

観光地には時どき、「猫に餌《えさ》をあたえないでください」という掲示板が立ててある。猫害によって、観光資源が汚されることを恐れているのであろう。

猫害だけとは限らない。観光客があたえた餌を猫がすべて平らげるとは限らず、食べ残した餌が散乱して、観光地を汚す。

これも猫害の一種であるかもしれないが、鯉のいる池や、鳩や鷗《かもめ》の群れ集う観光地では、餌を売っている。

これまで野良猫用の餌を売っている観光地に遭ったことはない。

だが、夏の旅中、ある地方都市で面白い喫茶店に出会った。

店の入り口に、「猫の雨宿り歓迎」と書かれた掲示板が目についた。

猫にその字が読めるのか、意味がわかるのか、という疑問が湧《わ》いてドアを押した。

猫喫茶ではなかったが、地元の人らしい常連が猫を連れていた。

店主は猫が好きらしく、公衆浴場の番台のような上に、飼い猫がうずくまっていた。

喫茶店の前に、犬がつながれている構図はよく見かけるが、猫は館内に迎え入れられる。つまり、喫茶店のインテリアは猫と相性がよい。

喫茶店に限らず、犬は番犬であり、猫は招き猫である。

だが、それも化け猫に近い猫は敬遠される。動物のアパルトヘイトである。

それでも私は、一見冷たそうな猫のほうが好きなのである。自分本位のようでありながら、いつの間にかすり寄って来ていて、マッサージをしろの、腹がへったのと注文をつける。主人が帰宅した喜びを抑えてさりげなく歓迎している。

だが必ず別れの日がくることを承知しているようにも見える。

猫がいると、旅人はほっとする。そして猫を飼っている旅人は、我が家で猫が留守番をしているとおもうと、旅の半ばでありながら帰心矢の如くなってしまう。

予定を早めて帰宅しても、我が家の猫はさほど嬉《うれ》しそうな顔もしない。その点、犬は飛びついて出迎え、顔をぺろぺろ舐《な》める。

我が家の初代上がり込み化け猫クロが、夏の夕陽を背負って別れを告げに来たことは、いまもって忘れられない。

化け猫はきっと、あの世で美猫に化けているかもしれない。

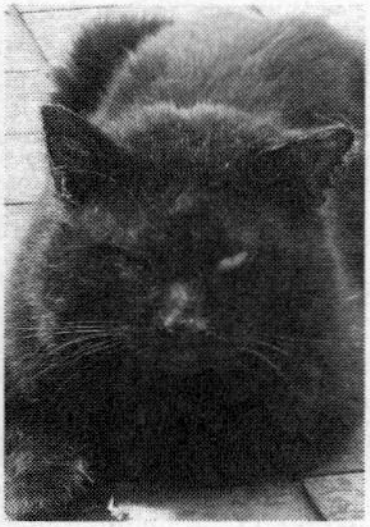

化け猫

飢えた猫《ハングリー・キャット》

生まれ合わせた時代の幸・不幸というものがある。

十五歳の子供が少年航空兵として、体当たりの訓練を受けて、片道燃料だけをあたえられ、九州最南端の基地から、死の特攻へ駆り出された。

もし生きていれば、どんな可能性の花を開いたかもしれない少年や若者が、なんの戦果も期待できない絶望の海へ強制的に追い込まれた無念は量り知れない。

今日の自由、飽食の時代と比べて、戦中に生まれ合わせた人々は、ただ一度限りの人生を戦争に奪われ、破壊されてしまったのである。この不幸な時代の被害者は、人間だけではなく、動物にも及んだ。

犬は軍犬として徴用されたが、猫は、野良はもちろんのこと、飼い猫も食物がなく、飢え死んだ。

極端な食物の欠乏時代に、猫に食わすものはない。キャットフードやドッグフードは、まだ日本では発明されていない時代である。ネズミやトカゲや小鳥などを追って飢えをつないでも、餌《えさ》になる動植物も少なくなってくる。

町から猫の姿が減った。猫鍋にして食っているという恐ろしい噂《うわさ》すらあった。だが、自分は配給を食べず、乏しい食物を猫や犬にまわしている飼い主もいた。

当時の人は下を向いて歩いた。上を向いて歩くと芋《いも》の切れ端や落ちた柿など（可食物）を拾えないからである。

そして、敗戦。九月になると、日本全国にアメリカ兵が進駐してきた。

彼らは昼になると、私の郷里の近くの河原へ来て、洗車後、食事をした。彼らが去った後、豪勢な食べ残しに群がり集まった河童《かっぱ》少年たちは、口の中が爆発するような美味に仰天した。

河童少年たちと共に、野良猫が河原に集まって来た。彼らも米兵の残飯に仰天したらしい。いまの飼い猫や野良は、そんな残飯には見向きもしない。猫も犬も、生まれ合わせた時代の幸・不幸がある。

今日、我が家に入り込んで来ている元野良のちび黒は、幸福な時代に生まれ合わせたといえるであろう。

ちび黒は満腹すると、テレビの前にうずくまる。集団的自衛権行使容認の閣議決定ニュースが報じられたとき、テレビの前から動かなかったちび黒も、永久不戦を誓ったはずの国に、雲行き怪しい不穏な風を察知したのかもしれない。

愛する猫や犬や、その他の動物が食べ物を失うような時代に、Uターンさせてはならない。

およばれ猫

染まり猫《ダイド・キャット》

天高く馬肥ゆるというが、天高く猫肥ゆるとはいわない。

だが、空は日増しに高くなり、夏の白濁した空と異なり、手を空に向かって伸ばせば、指の先が藍《あい》に染まるような十月は、猫にとって「天藍《あお》く猫染まる」季節である。

春の猫の鳴き声をフケ声というが、秋の猫の鳴き声は不明である。

嫌猫家の目を盗んで、茶釜《ちゃがま》、アメショー、パンダ、尾短《おたん》や因幡《いなば》などが、おもいだしたように集まってくる。いずれも我が家の食卓が狙《ねら》いである。

家猫は安全保障のために家中にほぼ監禁状態にあるが、我が家に上がり込んできたちび黒は野性を捨てきれず、都合のよいときだけ帰って来て、あとは自由気儘《きまま》に外出する。夜行性らしく、〝朝帰り〟が多い。その間、何をしているのかわからない。

外は交通事故、病気、猫罠《わな》、迷子、毒物、猫獲り屋など、危険に満ちていても、監禁するわけにはいかない。半外、半内の飼い主は、いつの日か猫が帰って来ない日を迎えるかもしれない覚悟が必要である。

また、高齢の飼い主は、愛猫を置き去りにしてしまう恐れもある。

我が家に集う四〜六匹の猫は、参加順に順位が定まり、行儀が良い。

いちばん威張《いば》っているのは、女性のちび黒であり、食事はいつも一番である。他の便乗食客猫は順位を守って、おとなしく待っている。

ちび黒だけが家に入ることを許され、残りの食客猫は、食後、解散する。

屋内のちび黒は、まずテレビを見て、次にマッサージを求め、雨降りや寒い日は宿泊する。我が家の庭を通過する他の猫もいるが、決してちび黒集団に加わらない。

十月に入ると、その結束はますます固くなり、外住の四匹は、冬籠《ふゆご》もりの準備をしているように見える。

なぜ、ちび黒以外の猫を家に入れないのか？　ちび黒が君臨して、彼らに〝入居〟を許さないからである。

我が家に上がり込んでから、すでに五年目、仔猫を一匹も産んでいない。不妊手術をしているわけでもなく、女王さまは依然として処女らしい。べつにサラブレッドでもないのに、なにか毅然《きぜん》たる気品があって、冬籠もりの準備などまったくせずに、透

44

明化していく秋を楽しんでいるようである。

まどろみ猫

半家半外猫《ハーフインサイド・ハーフアウトサイド・キャット》

十一月に入ると、猫にとってそろそろ過酷な生活環境になる。山国では暗いほどに蒼《あお》い空、冠雪した山のスカイラインから山麓を彩る紅葉の三段染めの美しい季節であるが、戸外には霜柱が立ち、寒がりの野良にとっては屋外の夜間は辛くなってくる。屋内でぬくぬくとしている家猫が羨《うらや》ましい。家猫は自由を売り渡して屋内の安全保障を購《あがな》っている。最も要領のよいのが猫穴を通して内外出入り自由の放し飼いである。野良が家猫用の猫穴を潜《くぐ》って屋内に無断避寒して来ても、家猫に追い出されてしまう。特に複数で飼われている家猫軍団に一匹の野良猫では、すごすご尾を巻いて退散せざるを得ない。

ところが、我が家の半放し飼いちび黒は、気に入った野良は歓迎する。自分が食客猫でありながら、家主に断らず自分が大家のような顔をして野良を迎え入れる。食事は野良に分けるのではなく、気前よくあたえて自分は新規《サラ》の食事を求める。そんな時の偉そうな顔は、大したものである。

そこに家主が顔を現わすと、食えるだけ食った野良は、慌てて猫穴を潜って外へ逃げる。そんな時はたいてい屋内にヒヨドリやトカゲなどの死骸が置き去りにされている。ちび黒自身もハンターであるが、どうもちび黒が捕獲した獲物ではなさそうである。つまり、野良が屋内に入れてもらった代償に持参した獲物らしい。それをいかにも自分が持参した土産のような顔をして、家主の前に差し出したのである。まことに奸智《かんち》に長《た》けた半野良半家猫である。

野良にとって最も過ごしやすい時期は春から初夏、そして夏の終わりから初秋にかけてである。特に北国や雪国では、冬は野良にとって命懸けの季節となる。また、最近の地球温暖化現象の煽《あお》りを受けて集中豪雨や台風行列、また大震災に遭って野良も家猫も、その他の動物も、飼い主や家主と共に呑《の》み込まれてしまうことが多い。

機械文明が発達しすぎて、破壊された原発が放射能（放射性物質）を垂れ流し、地球そのものが汚染されるような時代に生まれ合わせた動物は、運が悪いと言わざるを得ないが、それでも、どっこい生き抜いている動物たちは健気《けなげ》である。

アンモナイト猫

「猫は炬燵《こたつ》で丸くなる」とよく言われたが、家の暖房がエアコンディションになって、炬燵が少なくなった。私が子供の頃は練炭《れんたん》や炭火を熱源にしている炬燵であったので、その中に潜り込んでいた猫が一酸化炭素中毒になり、ふらふらになって出て来ることがあった。慌てて新鮮な空気を吸わせて回復したが、炬燵中毒で死んだ猫はあまりいない。

今日では部屋の中に座布団や敷物があると、猫はそこでアンモナイトになる。猫はどんな恰好《かっこう》をしていても可愛らしいが、アンモナイト猫は中でも可愛らしく触《さわ》りたくなる。

猫はいろいろなポーズをとるが、アンモナイトに次いで、気持ちが安定しているときは前足を内側に折り曲げ胸の下に入れる。これは香箱座りというそうである。尻をおろし、前足を揃《そろ》えて肖像のように正座しているときは品格がある。閑《ひま》なときは、もっともいつも閑であるが、毛づくろいをしている。一通りの毛づくろいが終わると、アンモナイトになって眠ることが多い。

猫は肉食でありながら警戒心が強い。最も安心しているときは仰向《あおむ》けになり、腹を見せて昼寝している。じゃれたり怒ったりすると猫パンチが飛んで来るが、これがまたなんともいえず可愛い。背中が痒《かゆ》いのか、屋内、屋外を問わず背中を下にして転がる。

五、六日に一回吐《は》くが、吐いた後きまりが悪いのか、しばらく外出して帰って来ない。

屋外のお気に入りは四季折々の日向《ひなた》ぼっこ、涼風を浴びての昼寝、通路と兼用の塀《へい》の上、停車中の車の下、藪《やぶ》の奥、その他、秘密の場所がある。どこから見ても猫には死角がなく可愛い。

私が仕事をしているとデスクの上に這《は》いあがり、目の前にある原稿の上でアンモナイトとなる。次に私の方へ顔を向けて香箱座りをする。

こうなるともう、仕事にならない。締め切り間際であっても、猫のこの姿勢には、絶対にかなわない。やむを得ず予備のデスクに場所を移すと意地悪くまた追って来る。猫は仕事の天敵であり、自由を束縛する悪魔であるが、この天敵と悪魔は猫派の人間にとって、なくてはならない存在である。締め切りが押し詰まるにつれて、我が家のちび黒はその悪魔性をますます発揮する。

アンモナイト猫

運命猫《デスティインド・キャット》

動物文化の中でも、猫文化はその最たるものの一つである。猫文化は人間が仲介しない限りあり得ない。犬文化も猫に倣《なら》う。

同じ動物文化にしても牛や豚、象、鯨などになると、動物にとっては災難であるが、人間の食物、美術品、衣料などにされてしまう。動物にとってそんな文化の良いことはなにもない。その点、猫、犬文化は餌《えさ》から始まり、TV、新聞等のマスメディアによって情報は広く伝えられる。

タクシーに乗って、「お客さん、『ねこ新聞』、楽しみに読んでいます。私も猫を飼っていますので」と、ドライバーから声をかけられたことが何度かある。客とドライバーの間に猫の話題が弾む。

「本当はこの界隈で仕事をしたくないのですが、家が近くにあるもんでね……」と彼は言った。

「なぜ、お宅の近くで仕事をしたくないのですか」と私が問うと、

「近くに動物《ペット》の斎場があるのです。ご家族は遺体や、骨壺《こつつぼ》を抱いて泣いています。私もいつか、飼い猫をその斎場に運んで行くことをおもうと、身につまされましてね。動物は家族の一員となって、家庭を平和にしてくれます。動物のいる家は穏やかです。夫婦や親子喧嘩《げんか》をしたり、家族が対立しても、動物、特に猫が入り込んで来るとたちまち休戦、講和条約が成立して、和気あいあいとなります。二十年も一緒に暮らした猫が死んでしまうと、当分立ち上がれませんね。そんなご家族を乗せた後は、仕事をやめて猫に会いに家に帰ってしまいます。他人事ではありませんよ。だったら、最初から飼わなければよいと言う人もいますが、人間と猫の出会いは運命的なものがありますね」

ドライバーの言葉に、私は共感した。

終戦直後、近所の呉服屋の息子さんが、戦場から復員（帰国）して来た。生家は戦災に遭って一望の焼け野原であったが、彼はそこで一匹の野良を拾い、焦土に家を建て、家業を再建した。いま繁昌《はんじょう》しているその店では、そのお孫さんが先々代と共に、焦土に生き延びた猫の累代の後裔《こうえい》たちと仲良く暮らしている。町内の猫の祖先も、呉

服店再興の主と戦後を生き抜いた猫である。
猫文化は復員兵を助け、今日の町内を含めた繁栄を築いたのかもしれない。

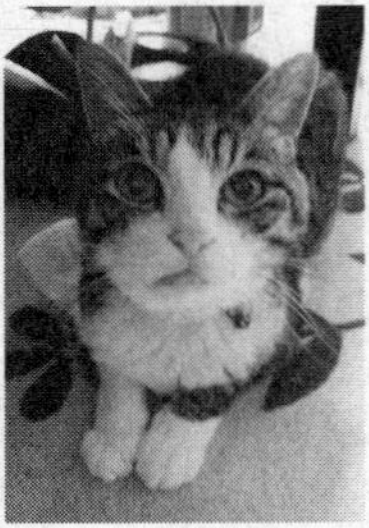
お出迎え猫
「お帰りにゃんさい」

猫文化《キャッツ・カルチュア》

私の知り合いの画伯は、その作品のどこかに必ず犬を描く。私が、「なぜ、すべての作品に犬を入れるのですか」と問うと、

「戦争が終結したとき、私は当時の満州、中国にいました。侵入して来るロシア軍から逃れようとして、最後の日本復員(帰国)列車に乗ろうとしたとき、軍属が『人間だけ。動物はだめ』と、愛犬を連れて乗車しようとした私から犬を隔てました。復員日本人たちは皆泣きながら動物たちを置き去りにしていました。私一人の例外は認められず、愛犬を線路の近くの木の幹にリードで結びました。

やがて列車が走り始めると、木におとなしく繋《つな》がれていた愛犬が狂ったように吠《ほ》えたて、リードを引きちぎり、列車を追いかけて来たのです。私は手を振りながら、さよならと叫びつづけました。列車が加速をつづけると愛犬も疲れ果て、レールの間に

立ち上がり、うお、うお、うおーんと最後の一声を全身の力を集めて告げたのです。あのときの愛犬の声が鼓膜に染みついていて、つい、犬を作品に入れてしまうのです」

「猫も飼われていたと聞きましたが……」

「猫は犬よりも小さく、大きな声で鳴かないので、一個だけ許された荷物の中に隠して持ち出したのです。列車が次の駅で給水のために停止したとき、気配がないので荷物の中を覗《のぞ》いたところ、猫は死んでいました。鳴くと飼い主に迷惑をかけるので、荷物の中で必死に堪《こら》えていたのでしょう。愛犬は何とか生きていけるだろうが、猫は生きるチャンスを私が潰《つぶ》してしまったのです。それ以後、猫は描けなくなりました」

戦争の犠牲になった動物たちも、その後の文化に貢献している。

復員して来た動物の話を一つだけ聞いたことがある。家の馬を軍馬として徴発された農民が、予備役応召で戦場に引っぱりだされた。運よく生き残り、復員途上、愛馬を見つけたというものである。

飼い主と馬が出会ったときの感激はどんなものであったか。

戦後、生き残った動物たちが、動物文化に貢献していることは確かである。

人間と動物は戦争によって、さらに堅く結ばれたのであった。

旅情猫《センチメンタル・キャット》

人間に最も近い動物は、猫であろう。犬も近いが、猫のようにベッドや膝《ひざ》や食卓の上には上がって来ない。トイレットも屋内にある。

家猫は屋内に安全保障されているが、自由を失っている。最も幸せな猫は「半屋平外《はんおくはんがい》」で気の向くまま外出し、気温や天候や体調次第で家に帰って来る。長期外出して飼い主に心配をかける猫もいる。自分の生活領内《テリトリー》から離れて狩《ハンティング》に出かけたり、異性猫を追いかけたりして迷ってしまうこともある。

いくら待っても帰宅しない猫に、飼い主は猫探偵に捜索願いを出し、自らも捜しまわる。家族以上の猫が失踪《しっそう》して、生きていけないほど悲しむ。

我が生家の累代の飼い猫「コゾ」が外出したまま帰らないことがあった。数ヵ月経過して〝消息〟を絶った。顔なじみのノラは近くの空地に集まって来るのに、コゾだけが姿を見せない。家人があきらめかけたとき、町内の人が、電車で一駅隣りの駅でコゾを見かけたという情報をもってきた。電車一駅といえば、猫にとってテリトリーからかなり離れている。

半信半疑のまま、私は電車に乗って隣り駅へ行った。驚いたことに、コゾは隣り駅に住みついていた。コゾは駅員や、乗降客の常連に可愛がられて人気者（猫）になっていた。コゾは私を憶えていたらしく、私に近づいてミーミーと鳴いた。

私が駅員に事情を話して我が家の飼い猫であることを告げると、

「電車に乗って来たのですよ。乗客から猫が乗っていると言われ、私たちの駅に降ろして、交代で面倒見ている間になついて居ついてしまったのです。お宅の飼い猫でしたか。飼い主がわかってよかったです」

と駅長さんが言った。コゾを抱いて帰りの電車に乗ると、駅長以下駅員さん全員がホームに並んで見送ってくれた。カーブにさしかかるまで手を振っていた全員の顔は寂しげであった。コゾも私の腕の中でミーミーとしきりに鳴いて、別れを告げているようであった。

電車に乗って見知らぬ土地に数ヵ月も滞在して来たコゾは、やっぱり人間に最も近く、人の情けによって無事に帰宅したのである。

花猫《フラワー・キャット》 I

春は野良にとって優しい季節である。

長い冬に耐えて、ようやく陽だまりが暖かくなり、蕾《つぼみ》が次々と開いて、梅、桜、桃、木蓮《もくれん》、花水木《はなみずき》、沈丁花《じんちょうげ》等々、次々に開花して、陽射しは日に日に柔らかくなる。

花冷えの夜もあるが、真冬のようなことはない。

夜気はまだ冷たいが、沈丁花の芳《かぐわ》しい香りが野良猫を柔らかく包む。

春の訪れと共に、野良の支援者《サポーター》も増えて、餌《えさ》（食物）も豊富になる。猫の恋の季節でもあり、通い猫も増える。

猫だけではない。人間にとっても恋の季節であり、朧月《おぼろづき》の下を、夜桜を見ながらそぞろ歩きするカップルの姿も多くなる。

通い猫が霞《かす》む月影の下、恋人（猫）を呼ぶ声をうるさがる無粋な人間もいるが、眠るには惜しい可惜夜《あたらよ》は、猫、特に野良にとっては家飼いの猫にはない恋の特典である。

猫の恋の季節（発情期）は、必ずしも春に限らないが、春の猫はサバイバルレースに勝ち残ったたくましさが感じられる。

そういえば、野良が人間の家に上がり込むのは春が多い。何度も厳冬を乗り越えた猫ほどたくましく、人間に採用されても完全に支配されることなく、勝手気儘《きまま》に出入りする。屋内より外で過ごす時間が多くなり、迷い猫になったのではないかと気をもませる。

帰って来る都度、猫の体から花の香りがするような気がする。私はそれを花猫《フラワー・キャット》と称《よ》んでいる。そして、花の香りに包まれた半野良は、毛繕《けづくろ》いしながら花化粧をする。野良の特権である。我が家に上がり込んだちび黒が、素晴らしい土産《みやげ》を持って来たことがある。

春の朝、夜遊びから帰って来たちび黒を出迎えた家人が、嘆声を発した。また恐怖のプレゼントをくわえ込んできたのかとおもっていたら、ちび黒の背に桜の花びらがちりばめられていた。

きっと満開の桜の下、花吹雪に包まれて帰って来たのであろう。家中に閉じ込めておくと、決して持ち帰らない土産である。

猫も花見をするのであろうか。私は、するとおもう。なぜなら、ちび黒の生活領域には桜の木はなく、花びらの土産は、縄張りの外に遠征しなければ得られないからである。

花猫

狩人猫《ハンター・キャット》Ⅱ

木蓮《もくれん》の蕾《つぼみ》が野鳥についばまれ、花水木が新緑に変わるころになると、風が香り、世界は緑に染められる。

香る風に鯉幟《こいのぼり》がひるがえり、爛春《らんしゅん》から初夏の入り口にさしかかるこの季節は、圧倒的に潑剌《はつらつ》としている。

どんな平凡な街角にも青い風がそよぎ、野良は自分の天下とばかり、緑陰で昼寝している。

厳しい冬の報酬《ほうしゅう》としてあたえられる爛春から初夏にかけての季節は、野良の天国である。

せっかく採用された家の中に滞在する時間も短くなる。

ちび黒が恐るべきプレゼントを持ち帰るのも、この季節である。

美しい季節には刺《とげ》がある。だが、野良にとっては刺ではない。採用主に対するせめてもの恩返しなのであろうが、人間はせっかくの猫のプレゼントを忌み嫌う。ようやく捕まえた野鳥を、誇らしげに持ち帰ったちび黒から、まだ生きているのを確かめた飼い主が空に放ち返すのが、狩人野良に対するせめてもの謝意である。ちび黒は、よたよたと空に飛び帰って行く野鳥を、恨めしげに見送っている。

この季節の狩人野良の獲物になりやすい野鳥は、おおかたヒヨドリであり、つづいてスズメ、稀《まれ》にハトである。

ごみ集積場の覇権争いは、野良とカラスである。カラスは用心深く、野良よりも破壊力が大きい。

さすがの野良も、カラスには一目置いている。またカラスも、野良が漁《あさ》っているごみ集積場には、野良が立ち去るまでは近寄らない。

野良もカラスも、ごみ集積場は防空識別圏の重なり合う地域であり、空間である。両者共に実効支配を主張しているホットゾーンであるが、宣戦布告前に相互に譲歩し合っている気配が感じられる。

その点、岩だらけの尖閣《せんかく》諸島や竹島をめぐって日中、日韓いずれも譲らず、一触即発のにらみ合いをしている人間は、猫やカラスよりもアホである。

そんな島があったことを知らない人も多い。ホットゾーンを猫島、カラス島とでも改名して共有観光地にでもしたら、いかがか。

猫とカラスは敵性関係ではあるが、相互に天敵ではない。人間は猫の支援者であり、恩人でもあるが、同時に天敵でもある。

覗き猫

梅雨猫《レイン・キャット》

山開き、海開きと共に、夏が開幕すると、日本列島は連日、猛暑に焙《あぶ》られる。梅雨は夏の暑熱に耐える前提として、水分をたっぷり提供する。水が苦手な野良にとっては、長い雨季は夏の入り口の関門である。

梅雨の期間、支援者のいない野良は、軒先や、屋根や、茂みや、橋や、車、トンネル、地下道など、雨を遮《さえぎ》る庇《ひさし》の下にうずくまる。

半屋内半屋外の飼い主がいる野良は、梅雨が始まると、屋内に緊急避難してくる。飼い猫は他人事のように、家の中から雨に烟《けむ》る外景《アウトサイド》を見ているだけである。

ちび黒が初めて我が家に上がり込んだのは、六年前の梅雨期、全身濡《ぬ》れそぼって、軒下にうずくまっていた。

私が「入れ」と声をかけてドアを開くと入り込み、そして居ついてしまった。梅雨が我が家とちび黒を結びつけた運命的な媒体といえよう。

だが、ちび黒の属する野良集団は、食事の分け前にはあずかるが、ちび黒につづいて上がり込もうとは決してしない。屋内に入りたくないわけではないが、先輩のちび黒に敬意を表しているのであろう。礼儀正しい野良猫たちである。その証拠にちび黒の野良友たちは、我が家の庭内や近隣の木の下や庇の下にうずくまって雨を避ける。車庫《ガレージ》の中の車のドアを開いていても入り込まない。遠慮しているわけではなく、閉じ込められるのを恐れているのかもしれない。

生きている証《しるし》梅雨猫濡れて行く

降りみ降らずみの長雨は、全列島を湿っぽくするが、同時に、街や村や、川や野山をソフトフォーカスに烟らせ、人の表情も柔らかくなる。車もスピードを出さない。

雨景を彩る雨猫が、野良にはよく似合う。

人間の目にはよく似合っても、雨季は野良にとっては過酷な季節であろう。厳冬や酷暑よりはましであろうが、濡れそぼった野良は、雨の遮蔽物《しやへいぶつ》の下に隠れて姿を見せなくなる。雨中歩いている猫は、たいてい食物を探している。奇特な給餌者《きゆうじしや》が餌《えさ》を抱えて、公園や橋の下などに赴くと、どこからともなく野良が集まって来る。これも雨季の点景である。

水は猫にとって苦手であるが、猫と雨は風景としてはよく似合う。雨に濡れそぼちながら、どっこい生きている。

濡れ猫

象徴猫《シンボル・キャット》

街角から野良の姿が激減してから、野良出身のちび黒は寂しげになった。彼女が率いてきた代黒《だいこく》、茶釜《ちゃがま》、因幡《いなば》、パンダ、アメショーなど、レギュラーメンバーが姿を消してしまったからだ。

ただ一人（一匹）取り残されたちび黒は、家を出たり入ったりしながらレギュラーメンバーを探しているようである。

彼らのために屋外に備えてある食器内の食物は少しも減っていない。常連の間に割り込んできたタヌキやハクビシンも姿を消した。

ちび黒はただ一匹で日向《ひなた》ぼっこしながらアンモナイト（丸くなる）をしても、とても寂しげに見えた。日向ぼっこの一等席は、まずちび黒が占領して、以後、代黒、茶釜、因幡、パンダ、アメショーと順位が決まっていたのに、最近はちび黒が独占をつづけている。その姿がなんとも孤独であった。

私は、ちび黒もそのうちに消えてしまうのではないかと不安になった。

だが、半家《はんけ》半外《はんがい》のライフパターンに慣れたちび黒を屋内に監禁することはできない。人間の愛情は、猫の幸福にならないのである。

最近、地方都市の繁華街でシャッター街が増えている。アーケードにシャッターが軒並み下りている光景は侘《わび》しい。シャッター街の一軒の前にうずくまる野良を見た。何度かそのシャッター店の前を通る都度見かける野良について、通りがかった街の人に、

「あの野良クンは、なぜ同じシャッターの前から動かないのですか」と問うと、

「閉店前は鮨屋《すしや》でした。客のお余りを与えられていた野良は、シャッターが上がるのを待っているのですよ。可哀想に思った近隣の店の人が交代で給餌《きゅうじ》しているので、同じ位置から動かないのです。我々も、いつシャッターを下ろすかわからない身分ですが、あの野良ちゃんを置き去りにはできないと頑張っている」

と答えた。置き去りにされた一匹の野良が、シャッター街のネバー・ギブアップ精神のシンボルになっている。招き猫ではなく、シンボル猫である。店の前に置き去りにせざるを得なかった鮨屋も、どこか別の空の下で、別のシンボル猫に励まされて立

ち直っているかもしれない。

シルエット猫

予言猫《リーディング・キャット》

最近、気になることが多い。広島、長崎、三百万を超える貴重な犠牲を踏まえて制定された憲法が、戦後七十年を経て、風前の蠟燭《ろうそく》の火のように揺れている。永久不戦を誓った国が「戦争可能国家」に改造されてしまった。

さらに最近の気がかりは、街角から野良が急激に減ったことである。

私の散歩コースは、A、B、Cに分かれる。Aは好天の日、Bは雨の日、それも霧雨の日である。Cは冬の、東京では珍しい雪の日である。

いずれのコースも必ずカメラを携帯する。花の季節には、Aコースはもちろんであるが、Bコースも、霧雨のソフトフォーカスに烟《けむ》る花の風情は異界の美しい幻影のように花びらが重なり合う。そんなとき、野良が濡れそぼりながら花びらの下にうずくまっていることがある。だが最近、A、B、C、いずれのコースをとっても森《しん》として、野良の姿が激減した。それぞれのテリトリーに棲《す》みついていた顔馴染《かおなじみ》の野良が、ほとんど消えてしまったのである。彼らは一体どこへ行ったのか。

人間の手厚い庇護《ひご》の下で、家猫の平均寿命は十八年といわれているのに対して、野良はせいぜい三年、河原では一年と聞いた。だが、その三年もしない間に半数が、街角から一、二年で消えていく。以前は、野良の顔ぶれは変わっても、それぞれの縄張り内で顔馴染の野良に出会った。それが最近、どこの街角に行ってもさっぱり彼らの姿を見なくなった。これは由々しき一大事である。猫の好き嫌いは別として、野良のいない街角は、機械文明の飛躍的発達に反比例して衰弱して見える。

機械文明の発達によって便奴《べんど》(便利性の奴隷)と化した人間が、精神的に衰弱しているような気がする。

かつて戦争を体験した世代は、人間と共に猫が理不尽な時代に人生と猫生を破壊されたことを知っている。現政権によって戦争可能国家に改造された社会が、野良を駆逐してしまったのではないかという不安が容積を増してきている。

猫、特に街角のシンボルである野良は、平和の使者《メッセンジャー》である。街角から消えた野良は、戦争可能国家の未来を予言しているのではないのだろうか。今こそ、野良の現政府は富国強猫と富国強兵を勘ちがいしているのではないのか。

未来を明るくしてやらなければならない。

笑い猫

純化猫《ピュリファイド・キャット》

犬と比べて、猫はほとんど何もしないのに、犬より猫のほうが優遇されている。犬は愛玩犬を除いて、家中はもとより、ソファやベッドに招じ入れられない。清潔好きの飼い主も、トイレで排泄物《はいせつぶつ》と一緒に砂を掻《か》きまわした猫足を、なんの違和感も持たずにベッドに入れる。

食卓に這《は》い上がって来ても、追い払ったりはしない。むしろ食事を共にしたりする。犬はまず、そんな優遇はされない。

おおむね猫は、犬よりも水が苦手であり、シャンプーを嫌う。濡れそぼった猫は、毛皮にふっくらと包まれた可愛さを失う。つまり、猫は格好つけ屋なのである。ごつごつした骨格を悪びれない猫は、格好よりは清潔を好む。

知人に、きわめて清潔好きの奥さんがいる。

彼女は、配偶者が外から帰宅して来ると、家に入る前に、すべて着替えさせる。訪問者すら室内用の衣服に着替えさせられる。

だが、猫はなんの制限もつけずに家中に迎え入れられ、ベッドを共にしたりする。

つまり、清潔好きとは人間関係内だけであって、人間対猫間では清潔感覚がちがうようである。

猫の可愛さが、人間とはちがう、猫の妖《あや》しい清潔度を許容させるようである。

配偶者や訪問者は、いい迷惑である。

だが、いつの間にか、配偶者も訪問者も、猫の清潔度に慣れてくる。

猫嫌いの人には理解できない清潔感覚であろう。

私も、愛猫であっても便所砂を掻き混ぜる猫足の不潔感は消えないので、猫足用の靴下を買ってきて猫に履《は》かせたところ、ものすごく嫌がった。

靴下を覆かせると、得意な木登りもできなくなる。

家の中でも縦横無尽に走れなくなる。猫足が先か、清潔が先か、迷っても結論は出ない。

ペットショップから猫の靴下が消えたところをみると、清潔よりは猫足のほうが重要と決定したらしい。

これを純化猫《ピュリファイド・キャット》と称《よ》ぶ。純化した猫は、ますます人間に近づく。

ふくろう猫

反戦猫《ノーモアウォー・キャット》

　終戦記念日のころ、TV局は若い人たちにマイクを向けて、八・一五がどんな日かご存じですかと聞いて回った。ほとんどの若者は知らなかった。日本人にとって忘れられない日であるが、戦後すでに七十年、若者にとっては縁のない記念日かもしれない。だが、安倍政権になってから若者の顔色が変わってきた。永久不戦を誓った憲法9条を、勝手に解釈改憲して戦争可能国家、自衛隊を日本軍として世界のどこにでも派遣できるように改造してしまった。

　七十年以前、若者は二十歳で国を護《まも》るために命を懸けることを義務づけられ、人生の自由を奪われた。若い人は前途洋々、どのような人生でも選べるにもかかわらず、男は兵隊、女性は看護婦など、将来を強制されていた。こんな馬鹿げた戦争のために死にたくないと歯ぎしりしながら死んでいった若い人たちには、素晴らしい才能や無限の可能性が隠れていたにちがいない。当時は十四歳で特別年少兵、十七歳にして少年特攻隊とされて、決死ではない必死の戦場に送り込まれたのである。あと二年遅く生まれたら私も戦場行きにされたかも。

今日の若い人たちも安倍政権の暴走により無限の未来を奪われつつある。かつて歩いた道（軍道）を再び歩かされようとしている現実に気がついたのである。

国民の大多数の反対にもかかわらず戦争可能法案の採決を強行した事実を見ても、いかにこの政権の暴走方向が危険であるかがわかる。強行採決中の国会を、全国から馳せ参じた十二万の国民が取り巻いて反対した。暴走政権反対コールの中に、ふと連想したことがあった。

永久不戦を誓った憲法を護るために集まった若い人たちを中核として、国民の大多数に猫を飼っている人が多いのではないか、と。

安倍政権になってから街角から野良の姿が激減した。それは七十年ほど前、太平洋戦争開戦と共に、にゃーくんとワンちゃんが激減した街の光景に似ていた。

憲法９条は人間のためだけではない。人間に最も近い猫、そして犬を護るためにも終戦と共に新憲法は生まれた。

そして私は不思議な現象に気づいた。安倍政権支持率急落と共に、街角に野良の姿が増えてきたのである。中には顔なじみのにゃーくんもいた。今までどこに隠れていたのか、まさか国会前のデモに参加していたのではあるまい。私は幻影かと思ったが、これは事実であった。

安倍首相は猫を飼っているか。愛する猫を戦火に殺されたくないと思うなら、即刻、国民の声を真摯《しんし》に聞き入れなければならない。

アパート猫

迷い猫《ストレイ・キャット》

我が家のちび黒は自分の都合に合わせて家を出入りしている。雨が降ると家の中に入り込み、雨が止《や》むと外へ出る。手前勝手な猫であるが、人生ならぬ猫生を人間に託している。半飼い猫は要領がよい。

飼い主にしてみれば、猫が外出中は気が気でない。外にはあらゆる危険が潜んでいる。危険から守るために屋内に閉じ込めると猫は自由を失う。安全ではあってもテリトリーを自由に動き、走り回れなくなる。四季折々の風情も、他の野良との交流もない。また小鳥やトカゲやネズミなどのハンティングもできなくなる。外には猫を愛する人間だけではない。毒物を盛ったり、器物を壊したりするように動物を殺す悪人たちの危険を潜《くぐ》らなければ、自由は得られない。

犬の散歩と異なり、半飼い猫はいったん外出すると、安全保障を失い、外界の危険を潜り抜けなければならない。

我が家のちび黒が家を出たまま数十日帰って来ないことがあった。ちび黒のテリトリー内を探しまわったが見つからず、ご近所からも情報が入らない。約一ヵ月消息不明になったとき、近隣の人から、罹病《りびょう》したり迷ったりした猫が必ず帰って来るというおまじないを教えてもらい、早速実行してみた。

まず、百人一首の「立ち別れいなばの山の峰に生《お》ふる／まつとしきかば今帰り来む」の上の句を書き、ちび黒の食器に載せて、その上に箸《はし》を置く。箸は割り箸ではなく家族が使用している箸でなければならない。そうすると必ず帰って来るという。

無事帰って来たら、近所の社寺に下の句を奉納して御礼参りをしなければならない、と教えられた。

すると効果はてきめん。翌日ちび黒が帰って来た。夢かと思いながら汚れを落として、好物のキャットフードをあたえたところ、すべて平らげ、丸二日間、屋内の定所で眠りこけた。どうやら別の野良の後について行って、迷い猫になってしまったらしい。その後は飼い主の視野に入るテリトリーから離れなくなった。

ちび黒はひとりでは帰って来なかった。パンダによく似た猫を引き連れて帰宅すると、今度はパンダが半飼い地に居坐《いすわ》ってしまった。近所中に情報を発して飼い主を探していが、いまだに応答はない。飼い主は国会を取り巻いて暴走政権反対のシュプレヒコールを挙げているのであろう。「戦争反対！　パンダよ帰れ」幻聴と知りながら、そんな声が聞こえてくるようである。

叱られ猫

猫が来た道《ザ・キャット・オン・ザ・ウエイ・アゲイン》

家族旅行に出かけた一家は、家に残してきた猫が気がかりで旅行を楽しめない。やむを得ず猫をバスケットに入れて家族と一緒に連れ出し、旅中、あるいは行き先で猫がバスケットから逃げ出してしまうことがある。犬と異なり旅先で逃げ出した家猫はまず帰って来ない。見知らぬ土地に飛び出して帰る先がわからなくなるのである。家族も必死に探すが、旅先では探しようがない。異郷に飛び出した猫は飼い主を失い、その土地の猫によって縄張《テリトリー》りが定まっており入り込めない。旅中に異郷に迷い込んだ猫は、生きていけないのである。

　そのためキャット・シッターを探すが、野良上がりの猫は、見知らぬ顔に懐かない。家から飛び出して帰って来ない猫もある。やむを得ず、家族の一人を残してキャット・シッターに当て、旅行に出かける。家族のキャット・シッターは日頃から注目している家猫に近づいて顔馴染《かおなじみ》となっている。最近はプロのキャット・シッターも増えている。

戦争法案を阻止すべく、国会議事堂前の集結の呼び声に応え、飼い猫を残して全国から馳《は》せ参じる人は多い。日本が戦争可能国家となる戦争法案を衆参両院ともに強行決議（採決）すれば、七十年前の「いつか来た道」をまた歩むことになる。家猫は飼い主を戦場に駆り出されたりして、人間の食料すらなく地方都市まで空爆の対象となって、餓死、あるいは焼死をしてしまう。

安倍政権の暴走阻止に集結している人たちには猫を飼っている人が多いのではないか。国会議事堂前に集まった最高記録十二万人を、戦争をまったく知らない政治家は、日本国民の総人口と比べて、たったそれだけの人数と放言した。彼は、集まった一人ひとりがほぼ千人を超える国民のおもいを背負って参加していることに気がつかない。気がつかないフリをしているのかもしれない。キャット・シッターを得られない参加者は家に置き去りにした「愛猫」を案じながら、戦争法案反対の意志を表明しているのである。

戦争は人間だけではなく犬猫などの愛すべき動物たちも殺していることを忘れてはならない。与党の議員たちにも猫を飼っている人がいるであろう。昔来た道を歩むのは人間だけではない。動物たちも歩むのである。

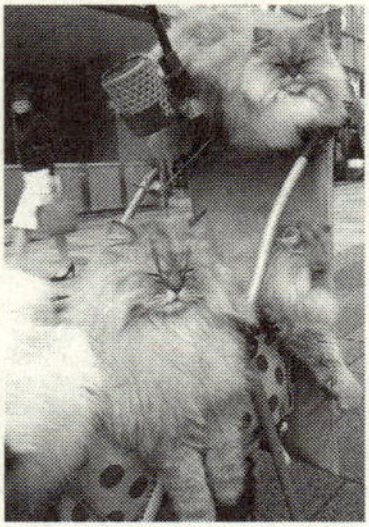

満車猫

お迎え猫《ウエルカム・キャット》

貧農の少女たちが職を求めて越えた野麦峠《のむぎとうげ》を経て、高山《たかやま》まで徒歩の旅行を、学生時代にした。渓谷に沿って途中に鏤《ちりば》められた集落で日が暮れ、民宿もなく野宿を覚悟したとき、一軒の民家が一夜の宿を提供してくれた。おもいがけない歓待を受けた翌日、時間があるなら、もう一泊していきなはれ、と勧められた。一家に幼な子が二人と猫が一匹いて私を引き留めた。一家のご好意に甘えてもう一泊させてもらおうかと思ったが、あまり図に乗ってはいけないと自分を戒めて、一家の見送りを受けながら高山に向かった。

以前から高山は旅行書やガイドブックを見て訪れたいと思っていた街であった。市内の貸し自転車を借りて、静かで穏やかな市中を走り回り、昔ながらの古い町、上三之町《かみさんのまち》へ出て当時旅館であった久田屋《ひさだや》に一泊した。私を学生と見て、格子越しに古町に隣接している部屋に無料同然で泊めてくれた。

そのときの高山や、途上の民家の優しいもてなしを忘れかねて、その後、年一～二回必ず高山を訪れるようになった。そして隠れ宿のような宮川に沿った壽美吉《すみよし》という旅宿を定宿にした。最近はインターネットの普及で世界的に有名になった壽美吉は、すみちゃんという名物仲居さんが、海外からの旅行者の定宿にした。

その壽美吉に年末、一匹の猫が住み着いて客と仲良くなった。壽美吉の家猫でもないのに、客それもほとんど異国の旅行者のお恵みによって生きている。エトランジェが泊まるとその猫は屋根伝いにそれぞれの客の窓に立ち寄り、歓迎の意を表した。客からは「お迎え猫《ウエルカム・キャット》」と呼ばれて可愛がられた。今日では壽美吉は異国旅人専用宿のようになり、年末を選んで一～二回宿泊する日本人は私一人になったという。

私も、お迎え猫との再会を楽しみにして訪れる。今日でも猫は健在であり、世界から集まる旅人たちを迎えている。

お迎え猫に会うたびに、野麦峠から下りてきた途上の一夜の宿を提供してくださったあたたかい家の猫を思い出すのである。

絆猫《ボンド・キャット》

当初ただ一匹で我が家に入り込んで来たちび黒の後を追って、新しい猫が入り込んで来た。パンダと名付けた。白地にハート型の黒い毛が植え込まれているパンダによく似た猫である。ちび黒の二倍ほどもある大きな図体の猫であるが、ちび黒の家来である。ちび黒につづいてパンダが家の中に入ろうとすると、ちび黒は猫パンチの真似《まね》をしてパンダを追い払う。つまり、

「ここは自分の領土であるから、入ってはいけない」と牽制《けんせい》するのである。

雨や雪が降ってくると、ようやくちび黒が許可を出し、パンダは出入口に近い窓際にうずくまる。そして三番目のアメリカンショートヘアは、パンダのそばに最も近い窓際に侍《はべ》っている。

我が家を給食の拠点としている猫たちであるが、ちび黒の権力は大きく、彼女の許

可がない限り、家人が許しても入れない。

雨や雪が降り止《や》むとちび黒はようやく悠々と家の外へ出る。そしてちび黒がいた位置にパンダが入って来る。幸いにもご近所衆はほとんど猫好きであり、ちび黒に我家から蹴飛ばされた野良たちを可愛がってくれる。向こう三軒両隣、野良によって結ばれたようなご近所関係である。ご近所衆の仲の良い町には野良ちゃんが住み着く。

最近、動物の虐待が流行《はや》っている。犬や猫の首を切り、猫に毒物を食わせたりする非人間がいる。町内ご近所衆は団結して動物を護《まも》ろうとする気運が高くなっている。猫を媒体としてご近所衆が自警団をつくった町もあると聞いた。

猫や犬を絆《きずな》として町内が堅く結ばれたのは、動物たちの功績と言ってもよい。そんな町が次々に連帯していけば自由と平和は小さな町から世界に拡《ひろ》がっていくであろう。

戦火やテロの代わりに、猫や犬や可愛い動物たちが、自由と平和の使者として難民たちを先導すれば、受け入れられるかもしれない。

花猫《フラワー・キャット》 Ⅱ

作家志望の若い人たちがよく筆を折る。懸賞小説に応募して最終候補にまで残った志望者が、あと一歩というところでギブアップしてしまうケースも少なくない。あきらめずに応募をつづければ、必ずデビューできる最終常連が、なぜやる気を失ってしまったのか。不審に思った私は、彼らに事情を聞いてみると、意外な共通項が浮かび上がった。

重たい口をようやく開いた彼らは、一様に「猫が死にました」と答えた。彼らの飼い猫が、寿命や病死したり外出中に車に轢《ひ》かれたりしている。家族以上の存在として可愛がっていた愛猫に死なれて、すべての意欲を失ってしまったのである。彼らにとって飼い猫は、一心同体であった。

私も累代、猫を飼っていて、何度も飼い猫と死別したことがある。猫は最も人間に近いが、動物を飼うということは、いつか必ず別れの日を覚悟しなければならない。猫よりも自分（飼い主）のほうが先に逝《い》ってしまうかもしれない。

愛する猫との別れは辛い。失った悲しみはよくわかる。しかし一度限りの人生の夢やヴィジョンがある限り、前途洋々たる人生の意欲を失っては、先に逝った猫も浮かばれないであろう。

私の友人の一人も、愛する猫を失った後、しばらく立ち直れなかったが、そのうちに野良が集まる空き地や公園や河原などを自転車で巡回しながらキャットフードを分配して、意欲を取り戻した。

「おれがキャットフードを〝配給〟しないと野良ちゃんたちは食えなくなるからな」

と、一度限りの人生の時間の一部を野良たちと共有している。

四季の中でも特に冬は野良にとって過酷な季節であるが、人生に絶望して自殺する人間に比べて、「どっこい生きている」野良の生命力はすごい。冬を生き抜けば、気品のある梅や沈丁花《じんちょうげ》の香りを先陣として桜の花が舞い、キャットフードの補給を待つ野良の体に桜の花びらがついていることがある。桃や木蓮《もくれん》や花水木《はなみずき》なども次々に花弁を開き、野良猫も毛艶が美しくなる。つまり、猫から人間が生命力を分けてもらうようになる。愛する動物たちから分配された生命力をもって意欲を再生すれば、ふたたび人生に挑戦するパワーが出てくるであろう。

人生は別離であると同時に新たな再会でもある。猫を失った打撃は大きいが、新たな動物との出会いは、新たな人生の再生である。

野良たちを包み込んでいる花吹雪も、去年や来年の花吹雪とはちがう。現実であればこそ、人生と猫生、共に生きることが尊いのである。

手持ち無沙汰猫

文化猫《カルチャー・キャット》

四季のうちで最も住みやすい春も、野良にとっては油断はできない。北国でなくても四月に大雪が積もることもある。春爛漫《らんまん》であっても、野良にとって春は、裏切りの多い季節である。

また、季節に関わりなく猫の敵は多い。冬は大雪、春は冬将軍の追跡、晩春から初夏にかけての恋人（猫）探し。夏休みが終わり、猫をおきざりにして避暑に行った人間たちは帰宅しても、野良たちがおとなしく留守番をしているとは限らない。人間にとっては、猫が帰宅するまで気が気ではない。

七十年前の戦争の後も、命運強く復員（帰国）して来た兵士たちは、一市民に戻り、荒廃した郷里へ帰って、理不尽な時代によって仲を引き裂かれた動物たちを探した。戦火によって死んだ動物たちも、人間に負けず多かったが、生き残った動物と再会した復員者は喜んだ。動物たちも飼い主をよく覚えていて、全身で再会の喜悦を表現した。

美しい日本には、美しい希望があるべきである。希望の的は、不明になった人間との再会ばかりではなく、愛する動物たちとの間にもあった。

動物との付き合いの中で嬉《うれ》しいことの一つは、家出したり行方不明になったりした猫との再会である。

猫は放浪性があり、交通事故、猫さらい、危険毒物、誘拐、猫狩り、迷い猫などの危険が多い。

猫派の人間は、その自由を猫に束縛《そくばく》される。人間を束縛しない猫は、人間を信用していない野良である。彼らは人間の信用を棄《す》てて自由を獲得し、飼い猫は自由を売って安全を買う。

そもそも猫文化は人間がつくったものであるが、利口な猫はこれを当然のこととして利用しており、人間も猫も、両者を結ぶ文化を盗み盗まれたとはおもっていない。

獣医、書店に置かれた多くの猫本、スーパーに溢《あふ》れているキャットフードなどが、両者の文化の高いことを示している。人間が文化を主導しているが、その恩恵に浴しているのは猫たちである。恩恵度が高いほど世界は平和である。

新緑猫《フレッシュグリーン・キャット》

猫にとって初夏は、美しい季節である。寒くもなく暑くもなく、窓から外を見れば景色は新緑に彩られ、外へ遊びに出れば新緑の香りが猫を包み込む。

花の季節よりも新緑のほうが芳《かぐわ》しい。どんな平凡な街角でも、通い猫（恋をする猫）にとっては嬉《うれ》しい季節である。

花の香りと比べて、新緑の香りは謙虚でありながら圧倒的である。美しい香りをすべて風に乗せ、松籟《しょうらい》のようにささやく。風が青く染まり、通い猫を染めて映す。そこに、新緑に溶け込むような青い通り路《みち》がある。

新緑の季節には、猫の鳴き声も変わる。恋する猫が恋人（猫）を呼びながら通っているのである。

これまで寒い間は食物を探すために歩きまわっていた猫が、新緑に誘われて恋人を探す。恋人のほうも、きっと通い猫を待っているのであろう。花の季節は騒々しいが、新緑に染められた町や村や野原は、溌剌《はつらつ》として新鮮なさわやかさが、年に一度、めぐってくる。

冬の白一色の雪国は、平坦で凍結して、あるいは陥穽《おとしあな》のように新雪にすぽりと呑《の》み込まれたりする生命の危険があるが、新緑にはそのような危険はない。

夏の入り口ではあるが、フライパンの上で炙《あぶ》り立てられるような暑さはなく、十分に水分を提供してくれる梅雨の前の、溌剌とした緑の世界を提供してくれる。

猫にとって、新緑の季節は危険が少ない。なぜなら、人間もソフトフォーカスの新緑を反映するかのように優しくなっているからだ。新緑は、意地の悪い人間の心すらやわらかくしてくれるのである。

人間の目にはフレッシュグリーン・キャットが、新緑の通い猫、メッセンジャーのように見える。

ただ一匹の猫《オンリーワン・キャット》

猫それぞれに、人間に劣らぬ個性がある。特に野良出身猫はいずれも個性的である。本人（猫）の意志によって飼い主に出会っている。それだけに、それぞれの出会いは感動的である。感情的《センチメンタル》と言ってもよい。人間同士の出会いにも似ている。

人はだれでもただ一人の異性がいると言われる。それは必ずしも配偶者とは限らない。出会っても互いに気づかぬ場合、あるいは時間が一致しない二人、例えば生まれた時代と場所がちがう場合、出会っていてもすでに他の異性と結婚しているケースなどがある。異性に恵まれない人間も、自分のために生まれてきた、ただ一人の異性がいると思うことは人生を緻密《ちみつ》にしてくれる。

そのように、ただ一人、あるいはただ一匹の存在があるということは運命的である。

私の妹は九州熊本市に数十年前に嫁いだ。年に一〜二度、九州方面に用事があって、熊本に立ち寄り、妹に会う。妹の家では野良出身の猫を四匹飼っている。最近、そのうちの一匹、最も年をとっている老猫が死んだ。その老猫と入れ代わりに新しい野良が入って来ていた。

その新入り猫ノンちゃんは、私の顔を見るなりすでに十年も付き合っていたかのような声で鳴き、私にまつわって離れようとしない。一年に一度か二度しか現れない私を、十年来の飼い主か友人のように離れない。

そのとき、ノンちゃんは私にとってのただ一匹の猫なのではあるまいかとおもった。

帰る日、妹夫妻が駅まで見送りに来てくれた。ノンちゃんも駅まで一緒についてきたそうにしていた。妹が言った。

「駅までお兄ちゃんを送っていくと、ノンちゃんも新幹線に乗って一緒に行くよ」

妹の家を出るとき「また所用があって四月に帰って来るよ」と言うと、ノンちゃんは「にゃあ〜ん」と悲しげに鳴いた。家ではちび黒が待っている。

この世に存在するただ一匹の猫。そんな、人間同士だけではなく人間と動物との出会いもあるのであろう。

再生猫《アゲイン・キャット》

人間に最も近い動物は、猫と犬である。そのことはすでに何度も語られているにもかかわらず、猫と人間の関係は、最も近くにあると同時に離れてもいる。

お猫さま。人間の生活にとって、なくてはならない存在である。お猫さまがいなくては、生きていけない人間も多い。

だが、すべての猫を、人間が収容することはできない。結局、猫との間に必要なものは、愛情である。

猫の商品化が進むと愛情は薄れ、家出猫や迷い猫の捜索が違法となることもある。電柱や掲示板にポスターを貼りまくれば、犯罪にされてしまう。

人間とお猫さまが愛し合っていても、両者の間には、ペット業者や猫捕り業者などが入り込む危険性が大きい。「お猫さま、お猫さま」と愛しても、家の中に閉じ込めていない限り、危険度は高い。

そのような危険を躱《かわ》しながら、お猫さまは、人間に最も近い動物であることをつづけている。特に内外半飼いのお猫さまは、生命をかけて半分は外で暮らす。飼い主も、それ相応の覚悟をしなければならない。

熊本大震災で多数の人が被災したが、家が潰《つぶ》されて、家と飼い主を失ったお猫さまも多いにちがいない。被災した飼い主は、お猫さまの行方を追う余裕もないだろう。被災したお猫さまたちが飼い主の許《もと》へ戻って来ることを、心より祈っている。

このような場面に向かい合うと、人間よりも動物のほうが断然、強い。その強さを利用して、お猫さまが飼い主と再会するのを待つのみである。そして飼い主と再会し、幸せなお猫さまに戻る日がきっと来るであろう。

東日本大震災の被災猫たちも、飼い主と再会し、再生している場合が少なくない。お猫さまが再生すればするほど、飼い主も再生する。

和解猫《ピースフル・キャット》

猫好きの人は多いが、同時に猫が嫌いな人も少なくない。配偶者を含み、猫を飼っている人は猫嫌いへの対策を考えなければならない。

猫は動物であるから、排便排尿もするし、病気にもなる。猫嫌いの人にとっては、所構わずトイレットをし、土足のまま家に上がり、猫の集会や通ってくる猫など耐えられないであろう。

猫嫌いの人は、猫が嫌うものを家の周囲に置いたり、自宅の屋根の上で昼寝をしている猫に水をかけたりするかもしれない。まだその程度ならよろしいが、愛猫家にとっては気が気でない。

飼い主は猫を愛しているからと言っても、猫嫌いの人びとには我慢できない。愛猫家と猫嫌いの人の間に挟まれて、猫は困惑しているであろう。

何かをする人が何もしない人に迷惑を与えるのと比べると、何もしない人は何かをする人に迷惑を与えないほうが多い。愛猫家にとっては分が悪い。ならば、どうすべきか。

猫嫌いの人を愛猫家に変えてしまうのが最もよいが、そのほかにも、猫嫌いの人たちに猫を愛する了解を得ることが望ましい。

家猫の場合は嫌猫家に迷惑をかけることは少ないが、半飼い猫（半分外に出す）は、自分のテリトリーを越えて散歩に行ったり冒険旅行に出かけたりすると、嫌猫家に迷惑を与える。

嫌猫家対策が重要である。

一、　嫌猫家と仲良くなる。

二、　なるべく半飼いをしない。

三、　トイレを自宅庭内（テリトリー）に数ヵ所設ける。

四、　完全な家猫にする（屋内だけで飼う）。

五、　猫の集会所をテリトリーの外にしない。

六、　猫を車に乗せない。犬と違って猫は出先で車外へ逃げられると、帰って来ない。または、見つけてもなかなか捕まえられない。
八、キャットフードを戸外に置かない。
九、嫌猫家が犬を飼っている場合は、犬に理解を示す。
十、愛犬家と猫を仲良くさせる。
十一、愛猫・愛犬の両刀遣《づか》いは、完全なる愛猫家になりやすい。
十二、旅行は人間となるべく一緒にさせない。
十三、首輪、すなわち飼い主の名前と住所、猫の名札（ネームタグ）を付ける。
十四、猫に土産物を持ってこさせない。猫の土産物とは、ネズミ、小鳥、トカゲ、ヘビなど。猫は飼い主に土産を持ってくるつもりだが、嫌猫家に迷惑を与える。飼い主も嫌がる。
十五、半飼い猫は概《おおむ》ね独自の通路を持っている。通路から外れてテリトリーの外へ出る秘密通路には、バリアを設けて嫌猫家の庭に入れないようにしておく。
十五、飼い犬と猫を仲良くさせる。愛犬家には猫が嫌いな人もいるが、自分の愛犬と近所の猫が仲良くなると、愛猫家にもなる。

猫嫌いの人は人生でかなり損をしている。

猫と人間の交友関係が結ばれると、その人の人生はリッチになり、長生きになる。なぜなら、自分が飼い猫よりも長く生きようとするようになるからである。猫などを飼っている人たちは、愛する動物たちよりも長生きをすることが義務の一つになってくるのである。

飼い主が先に逝《い》ってしまえば、飼い猫は置き去りにされて放浪の旅に出なければならない。飼い主は我が愛猫にそんな半生（猫生）を送らせることはできない。飼い猫はすでに主《あるじ》なくして生きられず、野良猫に戻れなくなっている。愛猫のためにも自分は長く生きなければならないのだ。それができない人間は猫を飼う資格がない。

そしておのずから長生きになるのである。それも、充実した長生きにならなければならない。

通婚猫《マリッジャブル・キャット》

秋が訪れると、猫の動きは激しくなる。

雨が嫌いな猫は長雨の時期、軒の下や床下に潜り込む。要領のよい野良は、家の中に入り込んで来る。雨にぐっしょり濡れても、野良は、どっこい生きている。

野良の周辺に蚊が渦を捲《ま》くが、野良はあまり気にしないようである。夕立も雷鳴も、さして恐がらない。

定期的に姿を見せる野良が、長期間、姿を消すこともある。

いったい彼らは、どこへ行っていたのか。良い飼い主《スポンサー》がついたのか、あるいは事故にあってしまったのか。心配していると、ひょっこり、姿をあらわす。

さして痩《や》せてもいないし、怪我《けが》もしていないようである。

久しぶりの顔合わせに、なんの挨拶《あいさつ》もせず、家人があたえたキャットフードだけを食べて、ありがとうとも言わず、また姿を消す。

飼い猫は、そんな野良の地位をうらやましがっているように見える。

隣家の飼い猫が野良の後をついて一ヵ月ほど行方不明になったことがある。隣人は必死に探しまわったが、見つからない。

飼い猫の長期失踪は謎《ミステリー》である。夜行性と決まったわけでもないのに、はるかに居心地のよいはずの飼い主の家から失踪《しっそう》する猫の行き先を確かめたい。

そこに、何匹かの仔猫を引き連れて帰って来た。隣人は喜ぶと同時に、仔猫の嫁入り先を探しまわった。

我が家もそのうちの一匹を押し付けられたことがあった。

嫁入り先が隣家というのは、人間になぞらえると、かなり便利である。実家《さと》が隣にある。だが、親猫はすでに素知らぬ顔をして、嫁に行った猫に洟《はな》も引っ掛けない。

私が子どものころは、近隣同士が猫の通婚圏となって仲良くなることが多かった。

猫は、子どもを産み始めると何度でも産み、近隣が猫によって結ばれる。そんな関係を我々は「猫親《ねこしん》」と称《よ》んだ。

自由猫《フリー・キャット》

我が家の庭は、猫の定期通路になっている。毎度お馴染《なじ》みの野良猫が我が家の給食を当てにして通行する。幸いにしてご近所衆は猫好きの方が多く、野良に優しい。

だが、野良の縄張り《テリトリー》はかなり広く、猫嫌いの人もいる可能性も高い。

家猫のしるしに首輪を着けたが、嫌がるうえに外出先で首輪を引っ掛ける危険性があるので、首輪は外した。野良が多い猫仲間の間では、首輪を着けた猫は目立つ。

天候が悪かったり寒かったりすると、雨嫌い寒がりの猫たちは家の中に入りたがる。一方で、家の中のほうが、はるかにぬくぬくと居心地がよいのにもかかわらず、夜になると外へ出て行く猫も多い。〝家出〟前にしっかりと腹ごしらえをして、一体どこへ行って、どこでどのように夜を過ごすのか、不思議に思う。猫は夜行性と言われるが、必ずしもそうではなさそうである。

仔猫のころから家猫として育てられた猫と異なり、野良から採用された半野良半飼い猫は、昼と夜の行動が異なる。発信器を猫の身体に着けたいと思っても、人間は猫の道を尾行できない。

人間は猫になれない。猫が歩く道を人間は歩けないのである。

だが、猫は人間になれる。つまり、生活行動において猫のほうが人間よりも自由になっている。

だが、猫の自由には危険が含まれている。飼い主にしてみれば、猫が外出中は気が気ではない。外部にはあらゆる危険が潜んでいる。その危険から護《まも》るために屋内に閉じ込めると、猫は自由を失う。安全ではあっても、テリトリーを自由に走りまわれなくなる。四季折々の風情も、他の野良との交遊も失い、小鳥やトカゲやネズミなどのハンティングもできなくなる。

また、通行者が銃器を撃ったり、毒物を盛ったり、器物を壊すように動物を殺す悪人たちの危険を潜《くぐ》らなければ、自由は得られない。

飼い主にとっては、猫を飼うのは自由を半分失うことでもある。そしていつの日か、必ず別れがあることはわかっていても、人間のほうが長生きしなければいけない。人間の責任は重い。

潔《カウント・ダウン・キャッツ》い猫

野良猫にとって冬は天敵である。特に雪国や、雪の降る日は命懸《いのちが》けとなる。人間がつくった雪道から外れると、野良は自らの体重で雪の中に沈み、脱出できなくなる。

野良は、家の中に用意したトイレを嫌い、雪が降ろうが槍《やり》が降ろうが、もよおしたときは外へ出たがる。命懸けとなるので、野良用のトイレを家の近くに用意しなければならない。だが、野良は共用のトイレを好まない。

我が家が採用した野良出身のちび黒は、自分の二倍以上の体を持った二匹の子分を従えている。パンダとアメショーである。外出するときは必ず自分が先頭でなければならない。その規則を侵して子分猫が先に入ろうとすると、近隣の野良のうちで最強のパンダに猫パンチを食らわせる。そのしぐさがなんとも言えない。食事にしても、ちび黒がまずご馳走《ちそう》を食した後でなければ、二匹の子分は食べられない。

しんしんと雪が降り積もるとき外へ出たがり、家人が屋内に閉じ込めようとしても、三匹は力を合わせて戸を開いてしまう。戸をロックすると、三匹は声を合わせて「開けろ、開けろ」と抗議する。その都度、家人は、猫が通えそうな道をつくってやらなければならない。

年が変わる大晦日《おおみそか》の夜、紅白歌合戦を聴くために、ちび黒以下三匹はテレビの前に集まる。彼らは紅白のファンなのである。特に終盤の『津軽海峡・冬景色』が好きなのである。

歌詞にあるのは「私もひとり」だが、彼らは三匹である。津軽海峡を渡る代わりに、大晦日の夜、雪が降り始めても三匹でやって来る。

昨年は幸いにも穏やかな大晦日であり、つづく初詣《はつもうで》や初日の出を拝む人々にとって穏やかな年の交代であった。

三匹は雪景色の津軽海峡を渡る代わりに、除夜の鐘を聴きながらカウントダウンと共に年を越える。

その認識があるのかないのか、翌日、初日の出と共に外出し、また、いつの間にか家の中に帰って来ている。

紅白の夜、「ゆく年くる年」を決して見逃さず、新しい年を迎える猫三銃士は、年をとったことを意識せず、十二支から外されていることもまったく無視している。人間に最も近い猫が外され、架空の辰《たつ》（龍）が十二支に加えられているにもかかわらず、猫は愛されていることをむしろ当たり前とおもっているようである。

つまり、十二支は四季と年の使者にすぎない。猫は、年を重ね、四季を生きていればよい。

お願い猫

月刊ねこ新聞公式サイト
http://www.nekoshinbun.com/

月刊
ねこ新聞
the Cat Journal

本書の「森村誠一のねこエッセイ」は、『月刊ねこ新聞』（猫新聞社）に三年にわたって連載されたエッセイ「平成お猫様」をもとにしています。『月刊ねこ新聞』は、ねこ好きの豪華執筆陣によるエッセイや読み物、多彩で美しい表紙絵などを毎号掲載している、ねこ好きのあいだでは知る人ぞ知る〝唯一無二〟の専門紙。「富国強猫」――ねこがゆったりと眠りながら暮らせる国は平和な心の富む国――がモットーで、広告なし、購読料と寄付による〝家族経営〟で刊行されています。二〇一六年十月に通算二〇〇号を迎えました。

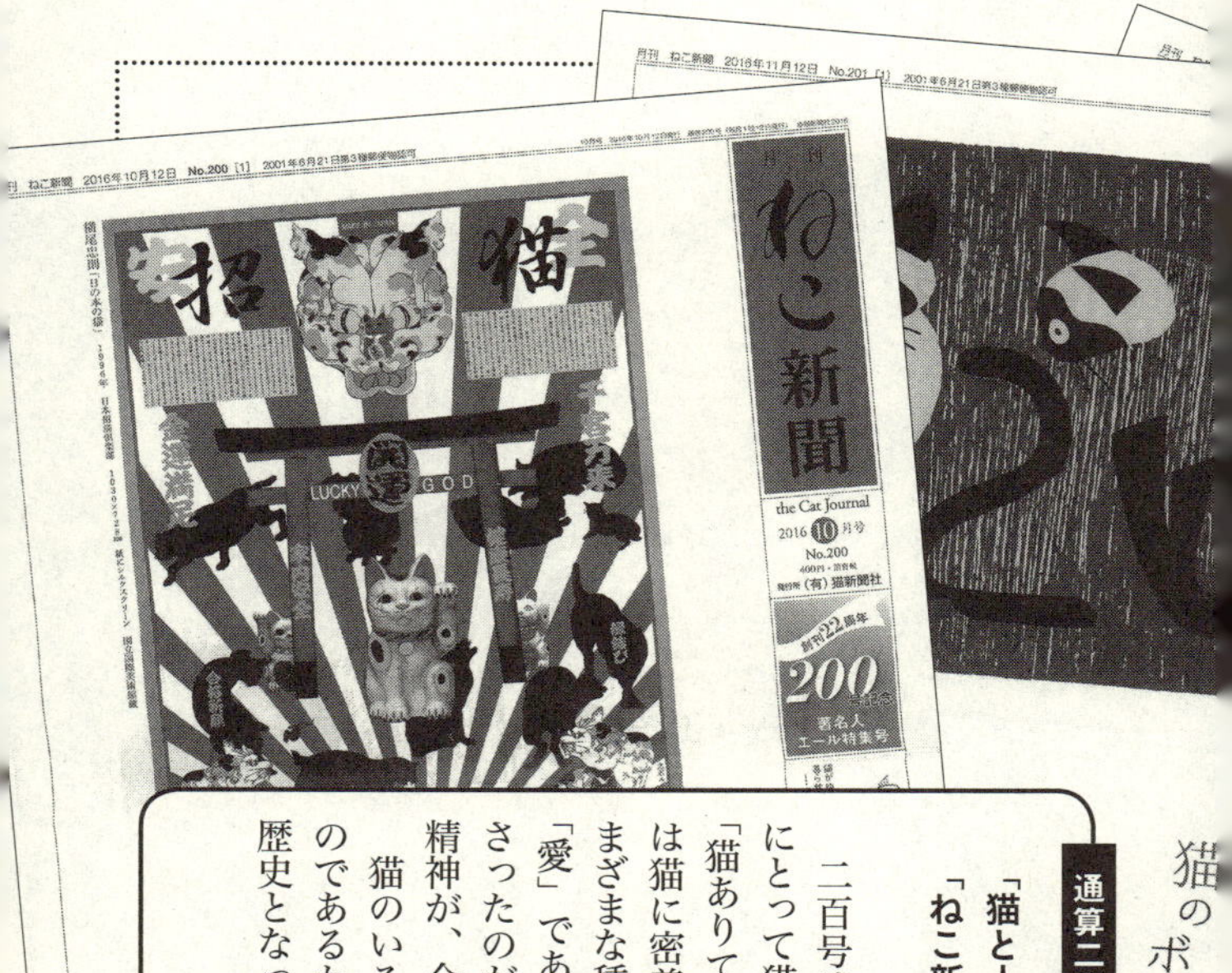

通算二〇〇号へのメッセージ

「猫と人生の愛」「ねこ新聞」の金字塔

二百号達成おめでとうございます。人間にとって猫はいなくてはならない動物です。「猫ありて、人生あり」と言えるほど、人間は猫に密着しています。〝両者の密着〟にさまざまな種類があります。最も重要な密着は、「愛」であり、それをまず全国に教えてくださったのが『ねこ新聞』であり、富国強猫の精神が、全国から世界へ拡大されたのです。

猫のいる人生が物心共にいかにゆたかなものであるか、二百号達成が決して省かれない歴史となっています。

森村誠一

森村誠一の

「ねこ小説」

お猫様事件

1

立っている人はいなかったが、座席はほぼ占《ふさ》がっていた。ラッシュアワーは過ぎていた。

バスがある停留所に停車すると、盲導犬に引かれた目の不自由な女性が乗り込んで来た。あいにく空席はバスの奥の方にしかない。

うつらうつらしていた車内の乗客は、だれも目の不自由な女性のために、咄嗟《とっさ》に立って席を譲《ゆず》ってやろうとしなかった。

利口《りこう》な盲導犬は逸早《いちはや》く空席を見つけて、飼い主をその方角へ誘《いざな》おうとした。

盲導犬の進路に酔《よ》った男がいぎたなく脚を投げ出して眠りこけていた。その男の脚に、目の不自由な女性が盲導犬に引かれてつまずいてしまった。

「なにをしやがる」

眠りこけていたとおもった酔漢《すいかん》が目を開いて、濁《にご》った声で怒鳴《どな》った。

凶器のように細く尖《とが》った目が充血している。頬《ほお》はこけ、薄い唇《くちびる》が男のくせに紅を塗ったように赤い。全身から凶暴な気配が吹きつけてくる。

「失礼しました。お許しください」

目の不自由な女性は平謝りに謝った。

「畜生《ちくしよう》に突っかけられて、謝ってすむとおもうか」

酔漢は犬に脚を引っかけられたとおもったらしい。

「犬ではありません。私がつまずいたのです」

飼い主は必死に訴えて、酔漢の誤解を解こうとした。

主人の危機を悟《さと》った盲導犬が低くうなった。

「畜生のくせしやがって」

酔漢はおもいきり盲導犬を蹴飛《けと》ばした。盲導犬は悲鳴をあげたが、主人のかたわらから離れない。

「だいたい犬が人間様の乗物に乗るとは太《ふ》え了見だ」

酔漢は調子づいて、抵抗しない盲導犬をさらに激しく殴りつけた。

「お許しください。ジョンが死んでしまいます」

ジョンというのが盲導犬の名前であろう。

飼い主は泣きながら訴えた。だが、酔漢はますます凶暴性を発揮して、犬を殴りつけている。車内はしんと静まり返った。

ほぼ満席の乗客がいたが、女性や老人が目立つ。運転手は中年であったが、見て見ぬ振りをしている。

見るからに凶暴な酔漢に、乗り合わせた者はすくみ上がっている。

ただ一人の酔漢に制圧されて、理不尽な暴行がつづいた。もはや犬は悲鳴もあげずに、主人のかたわらの床にぐったりと這《は》っている。

不幸中の幸いだったことに、次が酔漢の下車停留所であった。

2

二日後、同じバスに乗り合わせていた乗客が、この事件の一部始終を新聞に投書した。

投書の反響は大きかった。目の不自由な人と盲導犬に理不尽な暴力を振るった犯人を探そうというキャンペーンまでが起きた。

一方では、犯人だけではなく、その酔漢の暴行を見て見ぬ振りをして制止しなかった運転手に向ける批判が高まった。

「ひどい人間がいるものですね」

「なにかあったかい」

軍曹が街角のトラッシュボックスから拾い上げた新聞を読みながら憤慨の声をあげたので、将軍が覗《のぞ》き込んだ。

「この投書を読んでくださいよ。人間のやることじゃないね」

軍曹がバスの中での酔漢の盲導犬暴行事件を目撃した人の投書を指《さ》し示した。

投書を読んだ将軍は、

「酔漢もひどいやつだが、車内でだれも止めようとはしなかったのかね」

「女性や老人ばかりが乗り合わせていたそうですよ」

「だから運転手が批判されているんだな」

「なぜ運転手は止めなかったんでしょうね」

「その場に居合わせてみないとわからないが、犯人はよほど凶暴なやつだったんだろうな」

「こういう人間は許せませんね」

「向こうの世界のことにあまり関心を持たない方がいいよ」

「向こうの世界は棄《す》てましたけど、人間であることをやめたわけではありませんからね。やっぱり腹が立ちますよ」

「おれたちもこの盲導犬と同じような扱いを受けているよ。仲間の中には面白半分《おもしろ》にいじめ殺されてしまった者もいる。ただ汚《きたな》らしい、目障《めざわ》りだというだけの理由でね」

将軍の表情が翳《かげ》った。

不良少年グループの浮浪者狩りの的にされて殺された仲間のことを言っているのである。

自由を求めて市民としての権利や責任を放棄したのであるが、生命まで放棄したわけではない。

それが少年たちの遊びの延長のように弱い者いじめの的にされて、虫のように殺されてしまったのである。なんともやりきれない事件であった。

だが、そのときも浮浪者たちは抵抗しなかった。

それまで一人一人が勝手に放浪していたのが、寄り集まるようになったのがせめてもの自衛である。

それだけに盲導犬に暴行を加えられた目の不自由な人の痛みが、我が身のことのようにわかる。

だがわかったところで、向こう側の世界のことである。

この夏は台風の当たり年で、日本列島水浸しの観があった。

暑い夏も浮浪者にとっては辛いが、冷夏も辛い。

連日の雨に閉じこめられると、地下歩道以外に行く場所がなくなる。地下歩道は駅構内ではないので、夜間追い立てられる心配はない。

八月の末、将軍と軍曹が例のごとくテリトリーを可食ゴミを探して巡回していると、裏通りのゴミ集積場でしきりに猫の鳴き声がしていた。

鳴き声に引かれて近づいてみると、集積場に棄《す》てられた段ボール箱の中に、仔猫《こねこ》が数匹固まり合ってしきりに鳴いている。

かたわらに口をリボンで縛《しば》ったゴミ袋が出されている。

「まただれか猫を棄てて行きやがったな」

軍曹がつぶやいた。

生まれた仔猫の処分に困って、ゴミ集積場に棄てて行く不届者《ふとどきもの》がある。

「まったくエゴだねえ。こんなことにならないように避妊手術を施《ほどこ》しておけばよいのに、生まれてからゴミとして棄ててしまうんだから質《たち》が悪い」

将軍も眉《まゆ》をひそめた。

「まだ赤ん坊が棄てられないだけましですよ」

「いまに赤ん坊をゴミとして棄てる者が現われるかもしれないぜ。現にコインロッカーに赤ん坊を棄てたという前例がある」

「恐ろしい世の中ですね。一体だれが棄てたんだろう」

「自分の家の近くの集積場には出さないだろう。よその町内から運んで来たんだろうな」

「棄て主がわかれば、戻してやりたいところですがね」

「よけいなことはするもんじゃないよ。我々には関係ない」

「しかし、可哀想《かわいそう》ですよ」

「なかなか器量のいい仔猫が揃《そろ》っているじゃないか。猫好きの人間が拾って行くかもしれない」

「拾って行かなかったら、なんでもウォーターフロントの方にある動物専門の焼却場へ運ばれて、火葬にされてしまうと聞きましたが」

「しょうがないだろうな。夥《おびただ》しい棄て猫や棄て犬を全部面倒みることはしょせんできない相談だよ」

「ずいぶん冷たい言い方ですね」

「尻尾《しっぽ》だよ、尻尾。犬や猫を飼うのは向こう側の人間のすることだ。我々には関係ない。棄て猫に同情するのは、まだ向こう側の尻尾を引きずっている証拠だよ」

将軍が戒《いまし》めるように言った。

「段ボールの中にキャットフーズが入れてあります。棄てた赤ん坊にミルクを添えるのと似ていますね」

「キャットフーズを食い尽くした後、野良猫として生きていければいいがね」

二人は痛ましげな視線を棄て猫に向けて、集積場を通り過ぎた。

翌日、またその集積場を巡回すると、ゴミは取り集められていたが、仔猫を入れた段ボールは残されていた。

収集車は猫をゴミとして収集して行かなかったらしい。

二人の足音に猫はしきりに鳴き立てた。

「キャットフーズがなくなっています。腹をへらしているんでしょう」

軍曹が拾ってきたシャケ弁当の残りを段ボール箱の中に入れた。

「よけいなことはしない方がいいよ。懐《なつ》かれると困る」

将軍がたしなめるように言った。

「もう懐いていますよ」

軍曹が差し出した指先に仔猫がじゃれついている。

「猫なんか飼える身分じゃないぞ。後を従《つ》いて来るようになったらどうするんだ」

「どうもしませんよ。勝手に従いて来るのを追い払えないでしょう」

「ペットを飼っている浮浪者なんて聞いたことがないな」

将軍が苦笑した。

その翌日、二人がまた巡回して行くと、棄て猫入りの段ボールは同じ位置に放置されていた。その周囲に新たなゴミが出されている。

二人の足音を聞きつけて、仔猫がしきりに鳴き立てる。早くも彼らの足音をおぼえてしまったらしい。

段ボール箱の中を覗いた軍曹が、

「おやあ」

と声をあげた。

「どうかしたかい」

将軍が問うた。

「キャットフーズが入っています」

「餌《えさ》が入っているって、昨日はなくなっていたんじゃなかったのか」

「だれかが補給したようです。同じキャットフーズが入っているところを見ると、猫の棄て主が補給したと見えるな」

「多少の情けは持ち合わせているらしいが、そんなことをしてもなんにもならないな。かえって猫の苦しみを長引かせるだけだ」

「かといって、毒を飲ませるわけにもいかないでしょう」

「むしろ、毒を飲ませて殺してしまった方が後腐れがなくていいかもしれない」

「そんなに冷たく割り切れませんよ」

「どうせ棄てるなら、生まれた直後棄てるべきだ。可哀想だとおもって手許《てもと》に置いたのがかえって仇《あだ》となり、情が残って、棄てた後まで餌をやりに来てるんだ。中途半端なんだよ」

　将軍は怒っていた。

　情けをかけているようでいて、実はそうではない。自分の都合のよいところで可愛がっているにすぎない。だからペットが予想外の仔を産むと、その始末に困り、無責任に棄ててしまう。

　棄てるにも決断がつかず、ずるずる手許に置いて、どうにも処分に困ってようやく棄てる。棄てた後も気になって、餌を運んでやる。まことに手前勝手なのである。

そんな人間に動物を飼う資格などない、と将軍は言いたいところであるが、それを言う資格や権利も将軍にはない。

「おや、このゴミ袋はおぼえがあるな」

怒っていた将軍が、仔猫の段ボール箱のかたわらのゴミ袋に視線を向けた。

「ゴミ袋がどうかしましたか」

軍曹が将軍の顔を覗いた。

「そのゴミ袋、口を赤いリボンで結んであるだろう」

言われて、軍曹もゴミ袋の口が赤いリボンで縛ってあるのに気がついた。

「一昨日《おととい》、初めて仔猫に会ったとき、そばに赤いリボンを結んだゴミ袋が棄ててあったよ。同じ人間が出したゴミ袋だな」

「集積場にゴミを出す家は決まっています。同じ人が出したんでしょう」

「もしかすると、そのゴミ袋の主は猫を棄てた人間かもしれないよ」

「どうしてわかるんですか」

軍曹が驚いたように将軍の顔を見た。

「ゴミ袋なんて定位置に出すとは限らないだろう。最初に猫を棄てるとき、ついでにゴミも一緒に棄てたとする。棄てた猫が気になって、餌と一緒にまたゴミを運んで来たかもしれない」

「なるほど。それで猫の段ボール箱のそばにそのゴミを置いたというわけですか。しかし、人によってはゴミを出す時間も場所も定まっているかもしれません」

「そうだね。そういう人もいるだろう。まあ、ちょっとそんな気がしただけだよ」

将軍はこだわらなかった。

「どうも将軍に言われると気になりますね。猫を棄てたやつのゴミとなると、見過ごしにはできない。ゴミの中に手がかりがあるかもしれません。ひとつ調べてやるかな」

「おい、よしなよ。それこそよけいなことだ」

将軍が呆《あき》れたように制止した。

だが軍曹は赤いリボンを結んだゴミ袋を、さっさと乳母車《うばぐるま》に積み込んだ。

「あんたの物好きにも困ったもんだよ」

将軍があきらめたように言った。

軍曹は赤いリボンを取り外すと、袋の中身を調べ始めた。

可燃ゴミの袋で、食物の残りや紙くずや、包装紙やＤＭ《ダイレクトメール》などが主体である。

ＤＭ《ダイレクトメール》の宛て先からゴミ袋の主はすぐに割り出された。

「あれ、この文章にはおぼえがあるなあ」

軍曹が手紙の書き損じらしい便箋《びんせん》を広げて言った。

「あまり他人のプライバシーには踏み込まない方がいいよ」

将軍の注意も耳に入らぬように、便箋のしわを伸ばして書き損じた文章を読んでいる。

「……その酔漢が盲導犬を殴りつけるのを車内の者はだれ一人として止めようとしなかった。乗客たちはいずれも年寄りか女性ばかりで、見るからに凶暴な酔っ払いの暴力の前にすくみ上がってしまった。バスの運転手も見て見ぬ振りをしていた。目の不自由な人が酔っ払いの前に土下座をして、

『お許しください。ジョンが死んでしまいます』

と泣きながら訴えていたが、酔っ払いは耳に入らぬように犬を殴りつづけていた。

……」

「おや、その文章は先日の新聞の投書じゃないか」

将軍がおもいだした表情をした。

「……でしょう。ほとんど同じ文章ですよ。きっとゴミの主があの匿名《とくめい》の投書者だっ

たんでしょう」

「ということは、赤いリボンのゴミの主がそのバスに乗り合わせていたというわけだな」

「正義漢ぶって投書をした本人が猫を棄てていれば世話はない」

軍曹の口調が憤慨した。

「まあ、人にはそれぞれ事情があるからね。一概《いちがい》に責めることもできまい」

将軍は先刻の怒りを鎮めている。むしろ向こう側の世界のことに対して怒ったことを悔いているようである。

3

数日後、二人はまた例の集積場のかたわらを巡回していた。

清掃車は猫の入った段ボール箱だけ取り残して行った。そのかたわらに例の赤いリボンのゴミ袋が出されていた。

棄て猫は餌を補給されて、日増しに成長している。なんのことはない。ゴミ集積場で飼われているようなものである。

彼らの少し前を若い男が歩いていた。酒が入っているらしく、足許が頼りない。全身からなんとなく凶暴な気配を発している。なにか気に入らないことがあったと見えて、ちくしょうとか、ぶっ殺してやるとか、物騒な言葉をつぶやいている。通行人も彼を避けて通った。

その酔漢が集積場の前を通りかかると、段ボール箱の中から仔猫たちが一斉《いっせい》に鳴き立てた。

酔漢の後方から行く将軍と軍曹の足音を聞きつけたらしい。

「なんだ、ぎゃあぎゃあ鳴きやがって、うるせえ野良猫だな」

酔漢は猫の鳴き声のする段ボールを蹴《け》り上げた。

仰天《ぎょうてん》した仔猫は、さらに激しく鳴き立てた。

「うるせえと言っているのがわからねえのか」

酔漢はいきなり段ボール箱の中から一匹仔猫をつかみ上げると、地上に全身の力をこめて叩《たた》きつけた。

仔猫が悲鳴をあげて動かなくなった。残った仔猫が逃げ出そうとしたのを、サッカーボールでも蹴るように勢いよく蹴り上げた。

四匹の仔猫は地上に血へどを吐《は》いて動かなくなった。

将軍の腕が捕《とら》えた。

「なんてことを」

愕然《がくぜん》とした軍曹が酔漢の方へ駆け寄ろうとしたのを、将軍の腕が捕《とら》えた。

「やめい。憂《う》き世《よ》のことに首を突っ込んではならん」

「こんなむごいことを見過ごせというのですか」

「そうだ。あんたがあの男に手出しをしてみろ。明日から居場所がなくなるぞ。わしらは世間にぶら下がって生きていることを忘れてはならん。ぶら下がっている人間に猫が蹴殺されようと、犬が轢《ひ》き殺されようと、とやかく言うことはできない。あんたがどうしてもあの男と事を構えるというなら、あんたは向こうの世界へ帰らなければならん。それでもよかったらやるんだな」

さすが昔、三軍を叱咤《しった》したと言われる将軍だけあって、その言葉には侵《おか》しがたい威厳と迫力があった。

軍曹が将軍に引き止められている間に、猫を殺した酔漢は遠ざかって行った。

将軍と軍曹は猫の死骸を拾い集めて、近くのビルの谷間にある空き地へ運んで行った。

地上げ屋が買い占めた土地を地価をつり上げるために転がしているのが、超高層ビルの間に奇跡のような空き地となって放置されている。

周囲に形ばかりの板塀《いたべい》を囲い、空き地の中は雑草が生《お》い茂《しげ》っている。雑草に覆《おお》われて見えないが、空き地の中央にはなんのために掘られたのか、深い穴が口を開いている。

穴の上部が逆にせり出しているので、うっかり落ち込むと、一人では脱出できない。

穴の周囲に立入禁止の立札があるが、注意しないと見落としてしまう。

二人はその穴に猫の死骸を投げ入れた。せめてもの埋葬のつもりである。

「猫の前の飼い主、猫がいなくなったのを見て、どうおもうでしょうね」

軍曹が言った。

「ほっとするだろう。いつまでも集積場で生きていられては、棄て主も辛いだろうからな」

「もし猫が殺されたと知ったら、どうおもうでしょうね」

「多少は悲しむかもしれないが、棄て主が殺したのと同じことだよ。棄て主は猫を棄てた瞬間に猫を殺したのも同じなんだ」

「餌をやっていましたけど」

「死ぬまでの苦しみを引き延ばしたようなものさ。餌をやっても、棄てた罪を少しも

将軍の言葉は仮借《かしやく》なかった。
「償《つぐな》わない」

4

九月の末、驚くべき事件が発生した。発生というよりは発見されたというべきか。深夜、西新宿の裏通りを歩いていた人が、尿意を催して、かたわらの板塀で囲った空き地の中へ入り込んだところ、地底から湧《わ》いてくるような声を聞きつけて、雑草を分けながら空き地の中央へ行ったところ、そこに掘られた穴の底から人間が救いを求めていた。

びっくりした通行人が一一九番して、救急隊員が穴の底で息も絶え絶えに衰弱していた人間を救出した。

彼はまさに餓死《がし》寸前であった。

病院に運んで手当てを加え、ようやく元気を回復したところで事情を聴くと、彼は立川晴夫《たちかわはるお》という二十七歳の不定期作業員で、十日ほど前、現場付近を通行中、尿意をおぼえて空き地へ入り用を足している間、何者かに後ろから穴の底へ突き落とされたという。

脱出しようとしたが、穴の上部が逆にせり出していて、穴の底に閉じこめられてしまった。

呼べど叫べどだれも助けに来てくれなかった、と、その恐怖体験を語った。

副都心のど真ん中で奇跡のような空き地の中の穴に落ち、飢《う》え死《じ》に寸前まで放置されたことに人々は驚いた。

だが救急隊員の一人が不審を持ったことがあった。

「穴の底に弁当が落ちていたが、製造日はあんたが穴に落ちた翌日になっている。となると、だれかが穴の外から弁当を投げ込んだことになるが、その人間はあんたが穴に落ちたことを知っていながら、どうして救い出そうとしなかったのかね」

救急隊員からその不審を伝え聞いた新宿署の牛尾《うしお》は問うた。

「私にもわかりません。穴に落ちてから二、三日してからだとおもいますが、その弁当を外から投げ込んでくれた人がいたのです。助けてくれと怒鳴ったけど、そのまま行ってしまいやがった。ちくしょう、太《ふて》え野郎だ」

立川はおもいだして腹を立てたらしい。

「しかし、あんたどうしてその弁当を食わなかったんだね」

牛尾はさらに問うた。

「弁当を投げ込んだ野郎が、毒が入っていると言ったんだよ」

「毒が入っているだと」

「そうだよ。そのとき腹の皮と背中の皮がくっつきそうに腹が空いていたんだが、毒入りと聞いて、食うのが怖かった。そのうちに食欲がなくなってしまった。そばに腐った猫の死骸が棄ててあって、胸がむかむかして弁当を食うどころではなくなった」

牛尾は顔色を改《あらた》めた。

もし事実だとすれば、これは殺人未遂である。立川を穴へ突き落とした犯人は、穴から自力では這い上がれないことを知っていたのであろう。

それを知っていて突き落とし、後から弁当を投げ入れて、毒が入っていると告げたというのは悪質である。

「あんたはだれかの怨《うら》みを買ったおぼえはないか」

牛尾は問うた。

一瞬、立川の表情がぎくりとしたようである。

「どうした、心当たりがありそうじゃないか」

牛尾はすかさず追及した。

「な、なにも心当たりなんかねえよ」

答えた言葉が滞《とどこお》っている。牛尾は立川が叩けば埃《ほこり》の出る身体《からだ》と見た。

件《くだん》の弁当は腐っていたが、検査をした結果、毒物は検出されなかった。

犯人は立川を穴の底へ突き落とした後、毒の入っていない弁当を毒入りと偽《いつわ》って投げ込んだわけである。

だが、まだ立川を突き落とした犯人と、弁当を投げ込んだ人間が同一人物と確定されたわけではない。

「同一人物と見てもいいんじゃないですか。犯人でなければ、立川が穴に落ちていることを知っているはずがないのですから」

牛尾の相棒の青柳《あおやぎ》が言った。

「それもそうだが、突き落としておいてから弁当を投げ込むという行為が、どうも腑《ふ》に落ちない」

「苦しみを長引かせるつもりではなかったのですか」

「飢え死に寸前となれば、毒が入っていると言われていても食ってしまうだろう。漂流者が喉《のど》の渇きに堪《た》えかねて海水を飲むようにね」

「突き落とし犯人と弁当を投げ込んだ人物が別人だとすれば、少なくとも立川を怨んでいた人間が二人いることになります」

「あの野郎、脛《すね》に傷がありそうだよ。なにか抱え込んでいるにちがいない」

牛尾が宙を睨《にら》んだ。

5

この事件は報道されると、意外な波紋を投じた。

新宿副都心のど真ん中にそんな危険な穴があったことも人々を驚かせたが、それ以上に、ビルの谷間で餓死直前までだれも救いに来なかったという事実に、改めて都会の怖さをおもい知らされた。

いかに空き地の中央とはいえ、せいぜい二百坪の面積である。立川の救いを求める声が通行人に聞こえなかったはずはない。

それを聞きつけながら、十日間もだれも救いの手を差し延べようとしなかった都会人の無関心に、改めて慄然《りつぜん》とさせられた。

ただ救いの手を差し延べなかっただけではなく、穴の底に落ちた人間に止《とど》めを刺すように無害の弁当を毒入りと偽って投げ込んだ者がいる。

報道の反響はおおかた都会人の無関心と、都会生活の恐怖を論ずるものであったが、それとは異種の反響がいくつか寄せられた。すなわち穴に突き落とされた被害者は、過日投書されたバス車内盲導犬暴行事件の犯人ではないかというものである。立川の顔写真が報道されてバスに乗り合わせた乗客が申し出てきたのである。

牛尾はこの反響を重視した。改めて立川に事情が聴かれた。

立川は最初とぼけていたが、目撃者と面通しさせようかと言われて、ついに自分が盲導犬に暴行を加えた加害者であることを認めた。

となると、最有力の容疑者として盲導犬の飼い主が浮上してくる。

「しかし、目の不自由な人が屈強《くつきよう》な晴眼者の立川を穴へ突き落とせるものでしょうか」

青柳が疑義《ぎぎ》を呈《てい》した。

「立川が突き落とされたのは午前零時ごろで、暗い夜だったそうだ。むしろ目の不自由な人間にとって有利な状況ではないかね」

「とも言えますが、晴眼者を目の不自由な人間が穴の底へ突き落とすためには、現場に自分の家の庭のような土地鑑《とちかん》がなければなりません。突き落とし犯人は現場のすぐ近くに住んでいるということでしょうか」

「立川が暴行を加えたという盲導犬の飼い主の所在は不明だ。唯一の手がかりは投書者だが、匿名になっている。新聞社なら知っているかもしれないな」

投書を載せた新聞社に照会して、投書者の住所を聞き出すことができた。

新聞社に取材源の秘密を楯《たて》に取られると面倒なことになるが、投書は取材とは異なり、投書者を特に秘匿《ひとく》しなければならない義務はない。

匿名は投書者本人の希望によるものであるが、犯罪捜査に関わるとなると、投書者の希望よりも優先しなければならない。

投書者は中野区本町二丁目××番地に居住している、大山繁《おおやましげる》という三十一歳のサラリーマンであることがわかった。

「道理で匿名にした理由がわかったよ」

牛尾はうなずいた。

「投書者は自分自身について嘘《うそ》をついていたんですね。バスの中には年寄りと女性しかいなかったなんて書いていながら、投書した本人は三十一歳の男性だった。その後ろめたさを糊塗《こと》するために投書したんだろう」

「大した偽善者ですね」

投書者の仮面が剝《は》がされたことは、事件の意外な余波であった。

ともかく牛尾は大山に会って事情を聴くことにした。

大山はいかにも小心翼々たるサラリーマンであった。盲導犬を救うために一指《いっし》も上げなかったくせに、匿名の投書をしたことによって正義の実現をしたような気分になっているらしい。

小心と虚栄が同居しているような人間である。

「盲導犬を殴るような男は許すべきではありません。ぼくは義憤にかられてあの投書をしたのです」

大山はまくし立てた。

あなたはどうしてそれを止めようとしなかったのか、と問いたいところを牛尾は喉元にこらえて、その盲導犬の飼い主を知っているかと問うた。

「名前は知りませんが、時どきこの近くで出会うので、近所に住んでいるとおもいます」

大山は答えた。

牛尾が礼を述べて辞去しようとしたとき、彼の足許《あしもと》に毛玉《けだま》のようなものがまつわりついた。猫であった。

「お宅の飼い猫ですか」

「ええ。人なつっこくて困ります」

大山が照れたように笑った。一瞬、牛尾の脳裡《のうり》に立川が落ちた穴に棄てられていたという猫の死骸がよぎった。

6

大山の家の近所に聞き込みをして、盲導犬の飼い主はすぐにわかった。近くのアパートに住む今井《いまい》昌枝《まさえ》という五十二歳の女性である。

立川に暴行を加えられたという盲導犬は、その後すっかり元気になっていた。

今井に会った牛尾は、彼女にかけていた一抹《いちまつ》の疑惑を捨てた。

盲導犬に引かれた五十二歳の女が、屈強な立川を穴の底へ突き落とせるものではない。仮に突き落とそうとしたところで、彼女が近づく前に立川は犬の気配を悟ったはずである。

一応、念のために穴のある空き地の近くへ行ったことがあるかと問うと、そんなところへは一度も行ったことがないと答えた。

「立川晴夫という人物をご存じですか」

牛尾はさらに問うた。

「立川……いいえ、だれですか、その人は」

問い返した今井昌枝の表情にはなんの反応も表われない。

「実はですね、あなたの盲導犬に暴行を加えた人間です」

「まあ、あの人……」

昌枝の面《おもて》が恐怖体験をおもいだしたらしく、少し引きつった。

「いやなことをおもい起こさせて申し訳ありませんでした。ご存じなければよろしいのです」

牛尾は彼女に一抹の嫌疑でもかけたことをすまなくおもった。

盲導犬と身体を寄せ合うようにして社会の片隅に生きている彼女に、人間を穴の底へ突き落とすようなことができるはずがない。

彼女と立川の間には、あの夜バスに乗り合わせた以外にはなんのつながりもない。唾棄《だき》すべきは目の不自由な女性の杖《つえ》とも柱とも頼む盲導犬に暴行を加えたものと、その暴行を黙視した同じバスに乗り合わせた人々である。

立川のような人物はどこで、だれの怨みを買っても不思議はない。彼を穴へ突き落とした人間は、べつの方角に探すべきであろうと牛尾はおもった。

7

将軍と軍曹はいつものように新宿のテリトリーを巡回していた。

東京の空も秋の色に染まり、吹く風にも秋のにおいがあったが、澄んだ空間をなんの遮蔽物《しゃへいぶつ》もなく降りかかってくる陽の光は、残暑をおもわせるほどに暑い。

その中をミンクのコートを着て堂々と闊歩《かっぽ》する将軍と、その背後から忠実な従卒《じゅうそつ》のように乳母車を押しながら従《つ》いて行く軍曹の姿は人目を引いた。

いつものように街角のトラッシュボックスから新聞を拾い上げた将軍は、とある記事と写真に目を止めた。「街角」というシリーズのトピック記事である。

「空き地の穴の底で飢え死にしかけていた不定期作業員は猫殺しの犯人ではないか」

「そうですね」

将軍が読んでいた新聞を覗《のぞ》いた軍曹がうなずいた。二人は作業員が猫を殺した現場に行き合わせてその男の顔を憶《おぼ》えている。

「それだけではない。彼は、バスの中で盲導犬に暴行を加えた酔漢だったそうだな」

とつぶやいた。

「あの男なら、そんなことをしかねないとおもいましたよ」

軍曹が再びうなずいた。

「まあ、天罰てきめんというところだろうが、飢え死に直前で救出されたとは、悪運の強い男だな」

「いっそのこと、穴の底で飢え死にしてしまえばよかったのですよ」

軍曹は猫を殺された怒りをおもいだしたように言った。

「それこそお犬様、お猫様だよ」

「お犬様、お猫様？」

「盲導犬を殴ったり、猫を蹴殺したりは、許されることではない。だからといって、その罰に人間を殺してもいいということはない。神様もその辺を知ろしめし、あの男に痛い灸《きゅう》をすえ、一命を助けてやったのだろう」

「すると、あの男を穴の底に突き落とした犯人は、お犬様、お猫様ということになりますね」

「穴の底に落ちたことを知っていながら、救い出そうともせず、弁当を投げ込んで毒入りだと言った人間もお犬様だよ」

「…………」

「軍曹、弁当を投げ込んだのはお主ではないのか」

突然将軍が一直線に軍曹の顔を見た。

「じ、じぶんが……自分はそんなことをしませんよ」

軍曹の口調が少しうろたえて、将軍の射るような視線から面を背けた。

「そうか、それならよいがの」

将軍の口辺が薄く笑ったようである。

「どうして自分が弁当を投げ込んだというのでありますか」

軍曹はいつの間にか軍隊言葉になっている。

「わしの推測だ。立川が穴に突き落とされたのは九月二十日、弁当の製造日は二十一日、弁当が投げ込まれたのは、新聞によると二十二日か二十三日だそうだ。とすると弁当が投げ込まれたときは、賞味期限が切れていた。そんな弁当を持っておる者はわしらしかおらん。そして、猫が殺された現場を見ていたのもお主とわしの二人だけだ。わしらはあの空き地に穴があることを知っておった。この三つの条件を兼ね備える者はわしと軍曹だけだよ。わしは弁当など投げ込んでおらん。とすると、残るは軍曹ということになる」

将軍に理づめにされて、軍曹は面を伏せた。

「お主の立川を許せぬ気持ちはわかるが、弁当の件は本末転倒《ほんまつてんとう》のお猫様だよ。猫にも生きる権利はある。その猫を棄てた飼い主、猫を蹴殺した立川、いずれも唾棄すべき人物だ。しかし、立川にも生きる権利はある。自力では這い上がれない穴の底へ突き落として放置したのは、お猫様と人間様を転倒しておる」

「自分は立川を突き落としてはいません」

軍曹の反駁《はんばく》は、すでに彼が弁当を投げ込んだことを認めている。

「だれもお主が突き落としたとは言っておらんよ」

将軍が苦笑した。

「それにしても、だれが立川を突き落としたんでしょうね」

「立川を怨んでいるやつはゴマンとおるだろう。突き落とした犯人も、まさか餓死直前まで放っておかれるとはおもっていなかったんだろうな」

「私も毒入りと言ったところで、本当に餓死直前まで弁当に口をつけないとはおもいませんでした」

「やはりお主の仕業《しわざ》だったか。とすると、お主、どうして立川が穴に突き落とされたことを知っていたのかね。穴のそばを通りかかったとき、救いを求める声でも聞きつけたのか」

「実は、自分は見ていたのであります」

「見ていた？」

「あの夜、立川が空き地へ入って行くところを見ておりました。すると、立川の後ろから一人の男がつけるようにして空き地に忍び込んで行きました。なにやら異常な気配をおぼえたので、自分も二人の後をつけて空き地に忍び込み、叢《くさむら》から二人の様子を見守っていたのです。すると、立川が穴のそばに立って小用を足しているところを、後からつけてきた男が背後に忍び寄って穴の底へ突き落としたのです。まったく無防備だった立川は、悲鳴もあげずに穴に転落しました。男は立川が穴に落ちたのを確かめると、空き地から立ち去って行きました」

「それではお主、犯人を見ているんじゃないか」

将軍の声が驚いた。

「見ました。でも、まったく見知らぬ顔でした」

「猫の飼い主ではなかったのか」

仔猫の飼い主は立川突き落としの容疑者として二人の唯一の心当たりである。

「飼い主は立川が猫を殺したことを知らないはずです。我々が穴に猫を埋葬したことも知らないでしょう。飼い主はむしろ自分の棄てた猫がいなくなったことを喜んでいますよ」

「立川を怨んでいた人間はゴマンといるだろうから、だれが突き落としても不思議はないがの。まあ、わしらにとってはいらざる詮索《せんさく》というものだ」

将軍は言った。

8

それから数日後のことである。将軍と軍曹は例のごとく新宿のテリトリーを巡回していた。

日増しに涼風が立ち、お馴染《なじ》みのメンバーにとっては爽《さわ》やかで過ごしやすい季節となる。朝夕は肌寒さを感ずることがある。

いまはしのぎやすいが、間もなく彼らの天敵ともいえる冬がやってくる。彼らの心境は日毎《ひごと》に弱々しくなっていく虫のすだきにも似ていた。

二人を追い越して行ったタクシーが、少し前で停まって、窓から馴染みの顔が突き出た。

「将軍と軍曹じゃないか、元気そうだな」

馴染みの顔が声をかけてきた。

「やあ、刑事さん」

タクシーに乗っていたのは新宿署の牛尾刑事である。

「しばらく顔を見かけないので心配していたんだ」

「わしらはいつもこの界隈《かいわい》にいます。刑事さんがせわしくて、この界隈に立ち寄る暇がなかったんじゃありませんか」

将軍に言われて牛尾が、

「いやあ、管轄《かんかつ》区域の主のようなあんたたちと疎遠になっては、地元に密着しているとは言えないね」

と苦笑しながら頭をかいた。

「まあ、署の近くに来たら、声をかけてくれよ」

「お寄りしてもいいんですか。わしらが行くと迷惑をかけるんでね」

「開かれた警察だよ。まあ、その服装では受付で追っ払われるかもしれないから、私の名前を言ってくれ」

「浮浪者が警察に出入りするようになったら、開かれすぎた警察になりますよ」

「それじゃあ元気でな。また会おう」

牛尾は言って、運転手に車を出すように顎《あご》をしゃくった。

牛尾を乗せたタクシーが遠ざかり、大通りの車の洪水に呑《の》み込まれたとき、軍曹が突然声をあげた。

「どうしたんだね」

将軍が問うと、

「いまの牛尾刑事を乗せたタクシーの運転手、どこかで見かけたような顔だとおもったら、立川を突き落とした男ですよ」

「なんだって」

「まちがいありません。遠くからくる街灯の光で見た顔です」

「タクシーの運転手がなぜ立川を突き落としたんだね」

将軍に聞かれても軍曹には答えられない。

「軍曹、どうするつもりだね」

「このまま黙っていたらお猫様になっちゃうでしょう」

「そうだなあ。向こうの世界に首を突っ込むことになるが、向こうでもこっちでも、おたがいに人間同士であることには変わりはない」

将軍が言外に肯定している。

9

軍曹から連絡を受けた牛尾は、署まで乗ってきたタクシーの会社に連絡した。

職業意識から運転手の名前とタクシー会社の社名を記入した表示板《サインボード》に自動的に目がいってしまう。下車するときは必ずタクシーカードを持ってくる。

照会を受けたタクシー会社は、その運転手は新規採用者で、以前はバスの運転手をしていたと答えた。

「バスの運転手」に牛尾はピンとくるものがあった。

さっそくその運転手堀田《ほった》次郎《じろう》の身の上について調べてみると、タクシー会社の前はバス会社に勤めていたことがわかった。

彼が立川晴夫が盲導犬に暴行を加えたバスを運転していた運転手であった。

事件の目撃者が投書して、見て見ぬ振りをした運転手に対する世間の批判が高まって、会社を辞めざるを得なくなり、タクシーに転じたものとわかった。

牛尾は堀田に任意同行を求めて事情を聴くことにした。

堀田は見るからに気の弱そうな人物であった。同行を求められたときから蒼白《そうはく》になり、全身が小刻みに震えた。

警察に同行された堀田は、素直に犯行を自供した。

「酔っ払いが盲導犬を殴り始めたとき、なんとかしなければならないとおもいながらも、全身が金縛りにあったように動けなくなってしまったのです。投書される前から、自分がいやになって自責していました。投書が新聞に載って、会社から辞めるように勧告されたのをいい潮時に、退社しました。会社から言われるまでもなく辞めようとおもっていた矢先でした。気の弱い自分にはバスの運転は向いていないとおもっていたのです。車内で暴力事件やなにかトラブルが発生したとき、自分には押さえる力がありません。タクシーでも似たようなものですが、乗客の数が限られるので、バスのようなことはありません。

立川が目の不自由な人が土下座をして謝っているにもかかわらず、盲導犬を殴りつづけているとき、私は奥歯を噛《か》みしめながら黙っていました。見て見ぬ振りをしていたのではなく、なにかしなければとおもいながらも、身体が麻痺《まひ》してしまったのです。立川以上にそんな自分が許せないとおもいました。

九月二十日の夜、空車を運転してあの空き地のそばを通りかかったとき、尿意をおぼえて用を足すために空き地へ入ったのです。あの場所に空き地があることは前から知っていました。そのとき偶然、私の少し前を空き地に入って行く立川の姿を見かけたのです。

そっとつけて行くと、立川は空き地の穴のそばで用を足し始めました。私は無意識のうちに立川の背後に忍び寄って、彼の背中を力一杯突きました。尿意は完全に忘れていました。空き地の真ん中に穴があることは知っていました。でもそれが這い上がれないほど深い穴であるとは知りませんでした。私は立川を突き落としたとき、自分自身を突き落としたような気がしました」

自供した堀田は、つづいて検事の取調べを受けたが、結局、起訴猶予《きそゆうよ》となった。立川を突き落としたとき堀田に殺意がなく、穴が自力では這い上がれないほど深いという認識はなかった。突き落としてもすぐに這い上がれるだろうとおもっていた。したがって堀田の行為に殺人未遂の成立を認めることは無理であると判断されたのである。

堀田の起訴猶予をもって事件が落着したこと、および猫の飼い主が投書者であったことを後日牛尾から聞いた将軍は、軍曹に言った。

「立川の行為は許されるべきではないが、自分自身、目の不自由な人と盲導犬を救うために指一本上げなかったくせに投書をした大山も、卑怯《ひきょう》な人間だね。その卑怯が飼い猫が産んだ邪魔な仔猫を棄てて、お猫様事件につながった。もっとも牛尾刑事はお猫様事件を知らないが、もし知ったとしたら、軍曹も警察へ呼ばれたかもしれないよ」

「私の罪はこちら側の人間ですから、関係ありませんよ」

「そうは言えないよ。あんたが向こう側にちょっかいを出したんだからね。その責任は取らされる」

「私の罪はどういうことになるのでしょうか」

軍曹が不安の色を面に塗った。

「そうだな。そのまま放っておけば死ぬかもしれないことを知っていながら放置しておいたのだから、未必の故意とかいう殺人……の未遂かな」

「殺人未遂……冗談じゃありませんよ。自分には立川を殺すつもりなんかありませんん」

「だったら、救いの手を講ずべきだったろう」

「それこそ向こう側にちょっかいを出すことになりませんか」

「すでにちょっかいを出していたじゃないか。弁当を毒入りだと偽って投げ込んだりして、いったんちょっかいを出したからには、きちんと後始末をつけなければならん」

「反省しております」

軍曹は面をうつむけた。

新宿の街にも秋のにおいが濃厚に立ちこめていた。

犬猫《けんびょう》の仲

一

和助《わすけ》と惣兵衛《そうべえ》は犬猿ならぬ犬猫の仲である。

和助は「殿」という柴犬を飼っており、惣兵衛は「寅」という猫を飼っている。どちらも家族同然、いやそれ以上に犬と猫を可愛がっている。

ところが、殿は昼夜を分かたずよく吠《ほ》え、惣兵衛の眠りを妨げる。また寅は和助の家の庭を専用の便所にしている。惣兵衛が不眠の目を赤く充血させて、殿をなんとかしろと和助の家にねじ込んで行くと、和助は犬の鳴き声に文句をつける前に、てめえの家の猫の尻癖を躾《しつ》けろと切り返す。このため両人は犬猿ならぬ犬猫のように仲が悪い。

顔を合わせればいがみ合い、時にはつかみ合いに発展する。たがいに塀《へい》一つ隔てて隣り合っているだけに、犬猫の仲の緩衝地帯がない。

悪いことに寅は和助の家の庭が好きで、塀の下を潜《くぐ》っては我がもの顔に和助の家の庭を闊歩《かっぽ》する。また殿は寅が来るといきり立って吠えまくり、これを寅が面白《おもしろ》がってからかいに行く。

二

七月に入ると江戸の空は日増しに高くなる。この季節、南方の海から次々に台風がやって来るが、台風が去るつど、江戸の空はぐんと深くなり、秋の香りが濃くなる。

七月一日から八月五日ごろまで、夕闇が迫るころ、江戸市中では各家の軒先に盆提灯《ぼんぢょうちん》を吊《つ》るす。大店《おおだな》では大瓜型《おおうり》の白張《しらはり》提灯を提げる。

大店がつづく大伝馬町《おおでんまちょう》や本町通りでは切子灯籠《きりこどうろう》が軒ごとに吊るされて、夕闇迫る街角に夢のような照明を投げかける。空が暮れまさるほどに切子灯籠は鮮やかに浮き立ち、往来を行き交う人々の影をシルエットに刻んで、この世のものならぬ夢幻的な彩色を施す。

三日になると、七夕用の竹売りが、「竹や、竹やあ」と竹を肩に担《かつ》いで売り声を町に流す。

七夕の竹はどんな裏店《うらだな》の住人も買った。庶民のさまざまな願いを託して竹を飾り、星に祈る。町の照明が乏しいころ、星空の下に妍《けん》を競う七夕は、江戸の秋の入口を飾る風物であった。

だが、江戸に立つ秋風と共に妙な迷信が流布《るふ》した。猫鍋を食うと不老長寿に効くというのである。

この噂《うわさ》はたちまち燎原《りようげん》の火のように江戸市中に広まり、まず野良猫が犠牲にされ、次いで家猫が狙われた。

江戸期には怪しげな迷信や民間療法が流布していた。たとえば鯰《なまず》は皮膚病に効き、腰巻きの絵馬を奉納すれば婦人病が治り、鮑《あわび》が下半身、牛の糞が打ち身、ナメクジが蝮《まむし》の毒、蝿《はえ》の血が眼病、しゃもじが百日咳《ひやくにちぜき》、草鞋《わらじ》が足の病気、泥餅《どろもち》の奉納がイボや眼病に効能があると言われた。

猫に関しては、猫の涎《よだれ》がネズミに咬《か》まれた傷に効くと言われていたが、猫鍋が不老長寿によいと言われたのは初めてである。

この迷信の流行に便乗して、不心得者が諸所に罠《わな》を仕掛け、猫を大量に捕えて売りさばいた。

猫の飼い主は戦々兢々《せんせんきようきよう》となった。外出癖のある飼い猫は家の中に閉じ込めておいても、勝手に戸を開けて出て行ってしまう。

猫盗人は猫の習性を知悉《ちしつ》していて、巧みに猫を罠に誘い込み、捕《と》って行った。野良猫を捕えても罪にならない。罠に誘い込むと同時に、首輪を外してしまえば、野良猫として言い抜けられる。また仮に首輪を付けていたとしても、猫が自分の意思で入って来たと言われれば追及できない。

この時期、麴町《こうじまち》十丁目の犬猫医者下条玄以《しもじょうげんい》が、猫盗人に猫の身代金を支払って、無事に飼い猫を取り戻したことが口コミで知られて、猫泥棒は猫のかどわかしに変わった。

富裕な家の飼い猫を捕まえて、身代金を要求する。身代金もそれほど高額ではなく、五両から十両程度であったので、裕福な飼い主は黙って支払った。十両程度で家族同様の愛猫が無事に戻るなら、と抵抗なく身代金を支払った。

猫のかどわかしは、猫を返す際にもし奉行所に訴人すれば、何度でも猫をかどわかし、猫の命はないと脅《おど》かした。飼い主は猫をかどわかされて身代金を支払った事実を黙秘していた。このため被害者の数がわからない。奉行所も巧妙な犯罪に頭を抱えた。

猫鍋目的の猫の誘拐が身代金目的に変わってきた。猫ならば人間のかどわかしとちがって目立たない。しかも犯人は身代金を取っても、迷子になった飼い猫を見つけて飼い主に返した謝礼だと言い抜けられる。

飼い主も再度かどわかされるのが怖くて、犯人と口を合わせる。犯人にとってはリスクの少ない犯行であった。安全で、かつ容易な犯行を見ならって、江戸市中に猫の誘拐が増えた。

中には猫をかどわかされた者がかどわかす側にまわることもある。つまり、だれにでもできる犯行であった。奉行所は犯人の検挙に躍起になったが、犯人が多すぎた。それに、同心たちも猫のかどわかしとあっては、いまひとつ熱意に欠ける。

「冗談じゃねえ。八丁堀《はっちょうぼり》が猫のかどわかしを十手《じって》振りかざして追いかけられるか。ばかばかしくてやってらんねえよ」

という意識が与力や同心にあった。天下泰平の江戸期を象徴する事件とも言える。元禄期《げんろくき》には犬公方《いぬくぼう》と呼ばれた五代将軍綱吉《つなよし》によって、稀代《きたい》の悪法「生類憐《しょうるいあわれ》みの令」が発せられて、人間より犬猫を中心とする生類が上位に置かれたが、これは猫っ可愛がりする世相に目をつけた犯罪である。

女中の年俸が二両の時代に、五両から十両の猫の身代金を喜んで支払う。猫は家族同然となっており、人間以上に大切にされている世相が、元禄期のように上から強制されたものではなく、四民からの自発的なものであるところを犯人らから逆手に取られた。猫過保護の時代が逆に猫にとって受難の時代となった。

この猫一辺倒の世相の時期、町が夜通しの盆踊りに浮かれ立っている七月十五日の夜、四谷坂町《よつやさかまち》で「昇仙閣《しょうせんかく》」という料亭を営んでいる和助の飼い犬、殿が、近所の空き地で、目、鼻、耳、口等から血を出して死んでいるのを、空き地に遊びに来た界隈《かいわい》の子供によって発見された。殿は棍棒《こんぼう》のような得物でめった打ちにされた模様である。

「惣兵衛の野郎だ」

報《しら》せを受けて、殿の死骸《しがい》を確かめに来た飼い主の和助は血相を変えた。

「あの野郎の仕業にちがいない。野郎、ただじゃすまさねえぞ」

和助は犬猫の仲である隣家のそば屋「晴気庵《せいきあん》」の惣兵衛の家に、いまにも殴り込みをかけそうな気配を示した。

「まあまあ、和助さん、惣兵衛さんが殺《や》ったという証拠はない。落ち着きなさい」

近所の人に取り静められて、その場での殴り込みは抑えたが、和助は惣兵衛の仕業とおもい込んでいるようであった。

それとほとんど同時に、惣兵衛の飼い猫、寅が姿を消した。惣兵衛の許に身代金の要求はこなかった。惣兵衛はてっきり和助の仕業だと睨《にら》んだ。惣兵衛はいきり立ち、

「和助が寅をかどわかしたにちがいない。殿を私が殺したと勝手におもい込んで、その仕返しに寅をかどわかしたんだ」

と和助の許に怒鳴り込んだ。だが、和助は、

「逆怨《さかうら》みもいいかげんにしろ。てめえこそ、殿を打ち殺しておいて。てめえの猫がかどわかされたのは自業自得というものよ」

「やっぱりてめえの仕業だな。猫のかどわかしなら身代金をよこせと言ってくるはずだ。なんの音沙汰《おとさた》もないのは、てめえが寅をかどわかしたからだ」

「なんだと、この野郎。おれがかどわかしたという証拠でもあるのか。殿を殺しておいて、盗《ぬす》っ人《と》猛々《たけだけ》しいとはてめえのこった」

「盗っ人とはなんだ。てめえこそ、なんの証拠があってそんな言いがかりをつけやがるんだ。この猫鍋野郎め」

「なんだと」

つかみ合いになりかけたのを、近所の人が割って入って制した。

七月、盆の送り火が焚《た》かれ、夜通し踊った盆踊りの人の輪が明け方になってようやく散り、二十六日、六夜待ちの月見の場所が賑《にぎ》わった後、子供たちの線香花火の煙も路地裏から消える七月末のある夜、昇仙閣の主《あるじ》、和助が自宅の近くの路地で頭を割られて死んでいた。後頭部や側頭部に棍棒で殴られたような痕《あと》が認められ、路地に待ち伏せていたなに者かに襲われた模様である。

奉行所から出張《でば》ってきた古町権左衛門《ふるまちごんざえもん》の耳に、和助の飼い犬が十日ほど前に殺され、ほとんど同時に、隣家の惣兵衛の飼い猫がかどわかされ、それぞれ双方の飼い主の仕業とおもい込んだ両人が大立ちまわりになりかけた、という話が入った。

前々から和助と惣兵衛はそれぞれの飼い犬と飼い猫のことで対立し、いがみ合っていたということである。

「惣兵衛の猫を目の敵《かたき》にしている和助の犬を、惣兵衛が打ち殺した。怒った和助が惣兵衛の飼い猫をかどわかした。そこで惣兵衛が和助をなじり、喧嘩《けんか》になって、和助を打ち殺したという図式じゃねえのか」

権左衛門はいとも簡単に推理した。

これまでの猫のかどわかしと異なって、身代金の要求がないのも、和助の仕業を物語るものである。また和助殺しの手口と、その飼い犬を殺した手口も似通っている。

権左衛門は自分の推理に自信を持って、その日のうちに惣兵衛を引っ立てた。

この事件が臨時廻《まわ》りの祖式弦一郎《そしきげんいちろう》の耳に入った。

「それで、惣兵衛は飼い猫を取り戻したのかい」

弦一郎は事件の経緯を注進して来た茂平次《もへいじ》に問うた。

「それが、猫はかどわかされたままだそうで……」

「そいつはなんとも面妖《めんよう》な話じゃねえか。可愛がっていた飼い猫をかどわかされ、張《ちょう》本《ほん》（犯人）の見当がついているんなら、まずは猫を取り戻すのが先決じゃねえのかい」

「惣兵衛が和助に猫を返《けえ》せとかけ合っても埒《らち》が明かねえので殺したという見立てだぞうでやす」

「和助が猫かどわかしの張本で、猫の居所も確かめねえうちに殺しちまったら、猫の安否すらわからなくなるじゃねえか」

「もしかしたら和助が猫を殺しちまったので、怒った惣兵衛が和助を殺したんじゃねえので」

「惣兵衛は和助が猫を殺したという証拠でもつかんだのか」

「そいつは聞いておりやせん」

「和助にしても、犬を殺した張本が惣兵衛だと確かめたのかい」

「証拠はねえが、和助は惣兵衛が殺したとおもい込んでいたようで」

「これも証拠をつかんでいたわけじゃあるめえ。それで、惣兵衛はなんと言っているんだ」

「古権《ふるごん》にしょっ引かれて絞られておりやすが、和助を殺したのは自分じゃねえと言い張っているそうでやす」

「和助を殺したのは惣兵衛じゃねえな。惣兵衛が猫をかどわかされた仕返しに和助を殺したというが、猫は犬が殺されたのとほとんど同時に姿を消している。和助が犬を殺された仕返しに惣兵衛の猫をかどわかしたにしては早すぎる。いくら和助が気が早くとも、自分の犬が殺された仕返しに、殺されたのとほとんど同時に惣兵衛の猫をかどわかすはずがねえ。矢場のドンカチじゃねえが、的はずれの話だ。

惣兵衛にしても自分の子のように可愛がっていた猫をかどわかされて、その安否も確かめねえうちに、疑わしいとおもった野郎を殺すはずがねえよ」

「すると旦那《だんな》、和助はだれが殺したんで」

二人のやりとりを聞いていた半兵衛が問うた。

「そいつはまだわからねえ。和助と惣兵衛は犬猫の仲だったそうだが、ほかにも犬猫、いや犬猿の仲の人間がいたかもしれねえよ」

「和助の周りを洗ってみやしょうか」

半兵衛と茂平次が弦一郎の胸の内を読んだ。

「惣兵衛の猫のかどわかしも気になる。和助の犬が殺されたのとほとんど同時にかどわかされたというのも、ただのまわり合わせか、それともわざとやったことか。もしかどわかしが和助ではなく、犬が殺されたのとほとんど同時に惣兵衛の猫をかどわかしたとすれば、和助の犬を殺した下手人と同じ人間かもしれねえよ」

「旦那、なんだって同じ人間が犬を殺して、猫をかどわかしたんで……」

半兵衛と茂平次が同時に聞いた。

「そいつはまだわからねえが、同じ人間の仕業なら、そいつは和助と惣兵衛が不仲なことを知っていて、犬殺しを惣兵衛のせいに、猫のかどわかしを和助のせいにしようとしやがったんだ。だから猫をかどわかしただけで身代金を欲しがらねえ」

「惣兵衛の周りも洗ってみやしょう」

半兵衛と茂平次が獲物のにおいを嗅《か》ぎつけたような顔をして立ち上がった。

三

弦一郎は二人の配下を送り出した後、凝《じ》っと自分の思案を見つめた。

和助を殺したのが惣兵衛ではないとすると、ほかにどんな動機が考えられるか。弦一郎は和助殺しに猫のかどわかしが絡んでいるような気がしてならなかった。

猫かどわかし犯人にとって、和助は生きていられては都合の悪い人間であった。そこで和助と惣兵衛の犬猫の仲に目をつけて、いかにも惣兵衛の仕業らしく見せかけて和助を殺した。すでに犬を殺した時点で和助殺しは計画されていたのであろう。

（とにかく和助の身内に会ってみよう）

弦一郎は組屋敷から腰を上げて、四谷坂町へ向かった。

この町は家康《いえやす》の入国時、三河《みかわ》からついてきた同心十一人に下された屋敷町であり、寛永《かんえい》十一年（一六三四）から町地となった古い土地柄である。

昇仙閣はこの界隈の老舗《しにせ》料亭である。和助の不慮の死後、店は閉めたままであった。隣りの晴気庵も、亭主の惣兵衛を古町権左衛門に引っ張られて休業している。

弦一郎を和助の女房のおせいが迎えた。おせいは和助と同じ年配の四十前後と聞いてきたが、亭主を突然殺されて、六十代の老婆のように老けて見えた。

弦一郎はおせいに悔《く》やみを述べると、

「取り込み中をすまねえが、ちょいと聞きてえことがある。亭主を殺した下手人を早く捕まえてもらいてえとおもったら、聞かれたことに答えてくれ」

弦一郎は切り出した。

「亭主を殺したのは隣りの惣兵衛さんじゃなかったので」

おせいが問い返した。

「おまえさん、本当に惣兵衛が亭主を殺したとおもっているのかね」

弦一郎に切り返されて、おせいは面《おもて》を伏せた。

「おめえさんも、惣兵衛が亭主を殺したとはおもっていねえんじゃねえのかい。第一、和助は惣兵衛の猫をかどわかしていねえだろう」

「は、はい」

おせいがうなずいた。

「和助がおまえさんに内緒で惣兵衛の猫をかどわかすのは、ちょいと難しい芸当だ。犬を殺された仕返《しけえ》しに、証拠もなく惣兵衛の仕業と決め込んで、惣兵衛の猫を殺してどこかに埋めちまったというのも気の早《はえ》え話だ」

「和助はそんな人間ではありません。猫どころか、虫一匹も殺せない人でした。惣兵衛さんのところの寅が庭に入り込んで来るのを嫌ってはいましたけど、殺したりなんかしません」

おせいは伏せた面を上げて抗議するように言った。

弦一郎はうなずいて、

「亭主と隣りの惣兵衛は犬猫のことで仲が悪かったそうだが、犬と猫はどうだったんだね。隣りの猫はよくこちらの庭に入り込んで来て汚《よご》したそうだが、嫌いな犬に吠えかけられたら、普通は寄りつかねえんじゃねえのかい」

「惣兵衛さんはうちの殿がうるさいと言っていましたけど、実は殿とお隣りの寅は仲がよくて、殿が寅を呼んでいたのです。寅が来るとはしゃぎまわっていました」

「なんだって。犬と猫は仲がよかったのか」

弦一郎は意外におもった。

飼い主同士が仲が悪かったので、てっきり彼らの飼い犬と飼い猫も天敵同士のような犬猫の仲とおもっていた。犬猫の仲を踏まえて、それぞれの飼い主が対立していたという日常的な先入観である。

犬猫必ずしも犬猿の仲とは限らない。飼い主の対立の原因は犬と猫のせいではなく、犬派と猫派の飼い主がそれぞれ猫と犬が嫌いであったからである。

弦一郎は視野を塞《ふさ》いでいた先入観の壁に、新しい窓が穿《うが》たれたような気がした。

「亭主はそのことを知っていたのかね」

弦一郎は問うた。

「知っていたはずです。私が仲がよいから寅が遊びに来るのよと申しますと、寅が来るから殿が吠えるんだと言っていました。惣兵衛さんは殿が寅を呼ぶんだと言っていましたけれど」

「すると、惣兵衛も殿と寅が仲がよかったことを知っていることになるな」

「とおもいます」

「だったらなおのこと、惣兵衛は殿を殺さねえだろう」

「和助は殿を殺されたときは、殿をうるさがっていた惣兵衛さんの仕業にちがいないといきり立っていましたけど、だんだん落ち着いてくると半信半疑になったようです」

「仕返《しけえ》しに惣兵衛の寅をかどわかしたというのも解《げ》せねえ話だ。おまえさん、殿が殺されたについて、なにか心当たりはねえのかい」

弦一郎は犬殺しが和助殺しに関わっていると睨《にら》んでいる。

「旦那に言われて、いまおもいだしましたけど、たしか殿が殺された後、和助が妙なものを持っているのを見ました」

「妙なもの？　なんだね、それは」

「気持ちが悪いのでよく見ませんでしたが、なんだか指の先のようなものでした」

「指の先？」

「指の先にしては爪《つめ》がなくて、薄気味悪いものでした。それを湯飲み茶碗に塩漬けにしているところに私がちょうど行き合わせて、慌《あわ》てて隠していました」

「指のようなものを塩漬けにしていただと。そいつを見てえ。和助の遺品の中にねえか」

「一度ちらっと見かけただけですけど、もし捨ててなければあるとおもいます」

「それをぜひ探し出してくんねえ」

いったんべつの部屋に引き取ってしばらく探していた様子のおせいが、間もなく手に湯飲み茶碗を持って引き返して来た。

「旦那、たぶんこの中だとおもいます。私は気持ちが悪くて覗《のぞ》けませんが」

おせいが差し出した湯飲み茶碗にはぎっしりと塩が詰まっている。

「ちょいとご免《めん》よ」

弦一郎は床に懐紙を敷いて、その上に湯飲み茶碗の中身を打《ぶ》ちあけた。

塩の中から不気味な肉片が現われた。最近斬り取られたらしく、断面が生々しい。

それも鋭利な刃物によってすぱりと切断されたものではなく、食いちぎられたように断面が粗糙《そぞう》で凹凸がある。

手の指の一部のようであるが、爪がなく、一方の端は古い傷痕が癒着《ゆちゃく》したようになっている。

弦一郎は以前にも似たようなものを見た記憶があった。あれは鋸《のこぎり》で挽《ひ》き斬《き》られた小指であった。

だが、あの事件の小指には爪があった。

「指にしても、妙な指だな」

弦一郎は小首を傾げた。和助の死骸の指は欠損していなかった。

「こいつをちょいと借りてえが」

「どうぞお持ちくださいまし。そのような気味の悪いもの、そばに置きたくありません」

和助の女房は言った。

四

昇仙閣を出た弦一郎は、その足を長谷川町《はせがわちょう》の藤崎道庵《ふじさきどうあん》の診療所へ伸ばした。

医術よりも算術を重視している悪徳医者であるが、腕は当代無類で、幕府高官、諸大名、豪商から往診を求められる。幕府や大名の典医よりも信用されているが、貧乏人には洟《はな》も引っかけないところから、無道庵《むどうあん》の別名がある。

弦一郎とは腐れ縁で、持ちつ持たれつの仲である。道庵は弦一郎を見ると露骨にいやな顔をした。

「先生、そんなに毛嫌いするもんじゃねえぜ」

弦一郎が苦笑すると、道庵は、

「あんたはろくな話を持って来ないからな」

「そうでもあるめえ。魚心あれば水心よ。今日はひとつ先生に見てもらいてえものがあってね」

道庵が医業の陰でかなりあくどいことをやっていても、見て見ぬふりをしてやっている。道庵も弦一郎にそれを言われると弱い。

弦一郎は道庵の目の前に例の塩漬けにした指の切れ端らしいものを差し出した。

「なんだね、そいつは」

さすが道庵だけあって、早速《さっそく》医者の目になった。

「そいつを鑑定してもらいてえ。人間の指らしいんだが、爪がねえんだ」

「どれどれ」

道庵が鉗子《かんし》の先につまみ取ってしげしげと観察した。

「たしかに指だな。それも左手の小指の一部だ。年齢は三十後半から四十前半の男の指らしい」

「さすがは道庵先生だ。そんな指のかけらでそこまでわかるとは」

「おだてはいけない」

「でも、どうして爪がねえんだね」

「これは第一節（第一関節）から先が欠けている指を、第二節のあたりから咬みちぎったらしいな」

「咬みちぎった……」

「切断面が荒れてぎざぎざにちぎれている。刃物で斬り落としたり、鋸で挽き斬ったりした傷口はこのようにちぎれない。以前にも似たような指を持ち込んだことがあったな。あれは鋸で挽き斬った小指だった」

道庵はおもいだした表情をした。

「爪も咬みちぎったのかい」

「いや、第一節から先の欠損はだいぶ以前のことらしい。それも鋭利な刃物で斬り落とした後、医者が手当てを施しているな。傷口がまことにうまく塞がっておる。素人手当てではこうはいかぬ」

「やくざがしくじりを犯して指を詰め、医者に手当てをしてもらったのかね」

「まあ、そんなところだろう」

道庵がうなずいて、

「何年か前に第一節から先を斬り落とし、最近第二節から咬みちぎったものだ」

「すると、こいつは下手人の指か。いや、そんなはずはねえ。和助は殺される前にすでにこの指を塩漬けにしていた……」

「どういうことだね」

迷惑げだった道庵の顔が興味を持っている。

弦一郎は指の切れ端を入手した経緯《いきさつ》を道庵に話した。

「この指は人間が咬みちぎったものではない。動物……そうだな、たぶん犬が咬みちぎったもんだろう」

「犬!?」

弦一郎ははっとした。

「犬が強い力で咬み、咬まれた人間が仰天して指を引いた弾みに、指の肉と骨がちぎれたんだな」

道庵の診断によって、弦一郎は事件の骨格が見えてきたおもいがした。

和助の女房は、殿と寅が実際は仲がよかったと言っていた。殿は寅が猫かどわかしに捕まえられた場面を目撃したのではあるまいか。そして、仲良しの寅を救おうとして、かどわかしの張本に咬みついた。

仰天した犯人は殿を打ち殺して逃げようとした。だが、殿は死んでも犯人の指を放さなかった。和助は死んだ殿の口中から咬みちぎった指を見つけたのではあるまいか。そしてその指を保存した。

殿が命をかけて咬みちぎった犯人の逃れえぬ証拠である。そして、その証拠が結局は和助の命取りになったのではないだろうか。つまり、和助はその指から犯人を突き止めたのだ。

和助は指を証拠に犯人と対決した。追いつめられた犯人は和助の口を閉ざした。こう考えると、辻褄《つじつま》が合ってくる。

だが、和助は犯人を突き止めたとしたら、なぜ奉行所に訴え出なかったのであろうか。

「和助の野郎、指をタネに下手人を強請《ゆす》ったかもしれねえな」

弦一郎の脳裡《のうり》で憶測が脹《ふく》らんだ。

和助が指をタネにして下手人を強請ったということは、その指から下手人の正体を察知したことを意味している。つまり、殿を殺し、寅をかどわかし、和助を殺した下手人は、和助の身辺にいた。和助は殿が咬みちぎった指を一目見て、指の主を悟った。そしてそれが和助の命取りになってしまった。

惣兵衛の小指は欠損していない。この事実からも、惣兵衛は和助を殺した下手人になり得ない。

道庵は小指の第一関節から先の欠損は鋭利な刃物によるもので、適切な手当てを施されていると言っていた。このような小指の欠損は、やくざ者が不始末をした際、詫《わ》びのしるしに小指の先を詰めた結果である。

左手小指の第一関節から先を詰めるのは、それが身体の損傷としては最も軽いからではなく、刀や匕首《あいくち》を握ったとき力が入らなくなり、やくざとしての戦力を削ってまで詫びを入れる誠意を示すためだという。

和助の身辺に小指を詰めたやくざを探せば、下手人に行き着く。弦一郎はようやくはっきりした的を見いだしたようにおもった。

五

間もなく半兵衛と茂平次が帰って来た。

「どうだ、なにかわかったか」

弦一郎に問われても、二人の表情がいまひとつ冴《さ》えない。いつものように獲物をくわえた猟犬のような顔になっていない。どうやら調べの結果がおもわしくないようである。

「旦那、和助の身の周りに怪しげなやつはおりやせん。和助は商売熱心で、女房と二人で十何年か前《めえ》にいまの場所に店を開いて、しこしこ働いてきたそうでやす。あの界隈じゃけっこう繁盛していたそうです。惣兵衛のそば屋は親譲りの老舗で、晴気庵のそばと言えば、あの界隈では名物でやす。和助にはいくら調べても殺されるような当たりはありやせんでした」

「和助は博奕《サイコロ》の方はどうだったい」

「サイコロどころか、富籤《とみくじ》も買わねえ野郎で、ただ真面目一筋の樫《かし》の木《き》（堅い）で」

「惣兵衛は？」

「こいつがまた和助に輪をかけた樫の木で、飲まざる打たざる買わざるでさあ」

「和助も惣兵衛もやくざに縁はねえか」

弦一郎は宙を睨んだ。

「旦那、やくざがどうかしたんで」

茂平次が問うた。

「和助の遺品の中にな、詰めた左手の小指があったのよ。爪から先が欠けていた。和助はなぜそんなものを塩漬けにして保《と》っておいたのか。おめえたち、もう一度ご苦労だが、和助の身の周りに左手の小指が欠けた野郎がいねえか探してみてくれ。以前第一節を詰めていて、最近第二節から先が欠けた野郎だ」

「和助の周りにやくざはいなかったから、堅気《かたぎ》で小指のねえ野郎ですね」

「そういうこった。堅気で小指がなけりゃあ、かなり目立つだろうよ」

六

八月に入った。江戸の空は完全に秋の色に染まった。まだ残暑はぶり返すが、暑さに底がなく脆《もろ》い。

だが、秋の陽は乞食《こじき》も避けると俗に言われるほどに、油断をして歩いていると、澄んだ空から直射してくる秋の陽を浴びて、真っ黒に陽焼けしてしまう。

江戸の秋は季節が下降する寂しさの中にも、夏の宴の余韻が引いて、一種の陽気がある。過ぎ去った夏を惜しむざわめきとも異なった、秋独特の活気である。

月影が夜毎《よごと》に清く青くなり、往来を行く人の影が涼しげに見える。ナイトライフのない江戸期において、木戸の閉まる前、夜間歩いている人々はいずれもよんどころのない用事を抱えているのであろうが、月を追う風雅の人に見える。

八月十四日、月待ち宵《よい》であり、明日の月見が晴れるかどうかわからないので、今宵のうちに月見をしようと、隅田川《すみだがわ》、不忍池《しのばずのいけ》、湯島《ゆしま》、道灌山《どうかんやま》、芝浦《しばうら》、高輪《たかなわ》等の月見の名所には人が出る。外へ行かずに自宅で、畳《たたみ》の上の松の影と洒落《しやれ》る人も多い。そして十五日の夜が晴れれば、二度名月を観賞できて、得をした気分になる。

江戸っ子は季節に欲張りであった。春夏秋冬、季節のうつろいを楽しみ、行く季節を惜しんで新たな季節を迎える。夏を惜しみながら秋を楽しめば、季節が二重に楽しい。また秋が行けば、秋を惜しみながら行く年を惜しみ、新たな年を迎える用意をする。気の早さも抜群であった。

薄《すすき》売りがのどかな売り声を町に流して売り歩いている八月十四日の夜、四谷のくらやみ坂で鮫《さめ》ケ橋《ばし》に住む夜鷹《よたか》が男の死体に遭遇した。

現場は南寺町通《みなみてらまちどおり》から南の陽光寺《ようこうじ》門前に向かって下る坂で、左右は永信寺《えいしんじ》と松岩寺《しようがんじ》の境内になっている。鬱蒼《うつそう》と繁《しげ》る境内の樹林が坂に覆《おお》いかぶさっていて昼なお暗いところから、くらやみ坂と呼ばれている。

夜鷹は近くの鮫ケ橋を塒《ねぐら》にしていて、近くの寺から呼ばれた帰途であった。この界隈には寺が多く、表立って女を買いに行けない坊主が、夜中密かに鮫ケ橋の夜鷹を呼ぶ。夜鷹は枕を抱えて出張するというわけである。これを通い枕（今日のコールガール）と呼んでいる。

通い枕が客に呼ばれて行くときには、そんな死体は転がっていなかったから、客の許で半刻（一時間）ほど過ごしている間に殺されたのであろう。

くらやみ坂はその名の通り、昼でも薄暗く、人の通行はないが、通い枕は地元の気安さもあり、近道でもあったので、この道を通った。

仰天した夜鷹は、新助坂《しんすけざか》にある自身番屋に届け出た。

自身番ではとりあえず奉行所へ人を走らせて報せたが、時間も遅いので、自身番から番人が現場に出張って、朝まで張り番することにした。下手に自身番へ動かすと、あとで町方からこっぴどく叱《しか》られることがある。

だが、定番《じょうばん》（番人）は朝まで待つ必要はなかった。報せを受けた奉行所から町方が早速出役して来た。

殺されたのは勘助《かんすけ》という界隈の地廻《じまわ》りである。薄っぺらだが、色白の造作の整ったいい男で、矢場女やはねっ返りの町娘にもてる。定職はなく、女から女へぶら下がり、時には強請り、たかりも働いている小悪党であった。

勘助は鋭い刃物で背後から一突き、先端が胸の表皮に届くほど心の臓を貫かれて、息絶えていた。背後から心の臓の在《あ》りかを見届け、一突きに刺し殺した手並みは尋常ではない。

臨時廻りであるが、それゆえに時ならぬ時間に奉行所に居合わせた弦一郎は、報せを受けて現場へ出向いた。現場には定番が御用の高張提灯《たかはりぢょうちん》を張りめぐらせて待っていた。

「旦那、ご出役ご苦労さまにございます」

定番はほっとしたように弦一郎たちに挨拶《あいさつ》した。ただでさえ薄気味悪い場所に、朝まで死体の張り番をするのにうんざりしていたところである。弦一郎は軽くうなずいて、早速死体を検《あらた》め始めた。

凶器を刺し込まれると同時に、心臓の機能が停止したらしく、血はあまり出ていない。下手人はほとんど返り血を浴びていないであろう。

「死体《ホトケ》はなんだって夜中に、こんな暗い道を歩いていたんだね」

弦一郎は死体を検めながら定番に聞いた。

「こいつの塒は陽光寺横の北町にあります。おおかた鮫ケ橋辺で夜鷹を買った帰《けえ》りでやしょう。鮫ケ橋から北町にはこの道が一番の近道なんで……」

定番が説明した。

「通い枕が客に呼ばれて五つ刻（午後八時）、ここを通ったときにはまだ死骸《オロク》はなかった。五つ半（午後九時）、客の許から帰《けえ》るとき、死骸にぶつかったというわけだな」

弦一郎は受けた報告と被害者の傷を胸の内で比べ合わせた。傷口の血が固まりかけている。それは自身番からの報告とおおよそ符合している。

「死骸を見つけた通い枕は、そのように申しております」

「通い枕はどうしたい」

「自身番に待たせておりやす」

弦一郎は死体を検めた後、発見者の通い枕から直接事情を聴いてみたいとおもった。

「おや」

弦一郎の目が死体の一点に止まった。

「旦那、なにかありやしたか」

従《つ》いて来た半兵衛と茂平次が弦一郎の視線の先を追った。定番が提灯を近づける。

弦一郎は死者の左手をつまみ上げた。左手の小指の先に白い布が巻きつけられ、少し血が滲《にじ》んでいるようである。

弦一郎は慎重な手つきで、小指の先の布を解《ほど》いた。小指は二節の先から欠けている。しかも欠損して間もないらしく、傷口が塞がりきっていない。

「旦那、この野郎、まさか」

弦一郎から、昇仙閣の和助の身辺に最近、小指を失った者がいないか探せと命じられていた半兵衛と茂平次が、愕然《がくぜん》としたような声をあげた。

「この死体《ホトケ》が和助の遺品の中にあった小指の主と決まったわけじゃねえが、おれたちが小指の詮索《せんさく》を始めると間もなく、小指が欠けた死体が出たのは気に入らねえな」

弦一郎の目が宙を探った。

検屍《けんし》の後、死体はひとまず自身番に運んだ。

翌朝、弦一郎は茂平次を長谷川町へ走らせて、道庵を呼び寄せた。

茂平次に案内されて、道庵は仏頂面をしてやって来た。

「先生、忙しいところをすまねえが、先日見てもらった小指の切れっ端とこの死骸《オロク》の指の傷口を比べちゃあもらえねえか」

弦一郎は道庵に頼んだ。

「あんた、私をよほど閑人《ひまじん》だとおもっているんだね。こうしている間にも何十人もの患者を待たせているんだよ」

道庵はますます渋い顔になった。

「すまねえ、すまねえ。この埋め合わせは必ずするよ。まあ、金になる何十人もの患者を待たせても、死骸の指が先生に見てもらいてえとよ」

弦一郎は頭をかきながらも皮肉っぽく言った。そして先日、道庵に鑑定してもらった塩漬けの指の断端を取り出して道庵に渡した。

「どれどれ」

道庵は仏頂面をしながらも、医者の顔に戻って、小指の断端と勘助の小指の切り口を見比べた。

丹念に対照していた道庵は、ようやく顔を上げて、

「まちがいない。この小指の切片の主はこの死体《ホトケ》だ。分断面も指の形もぴったりと合っておる」

と言った。

「やっぱり死骸《オロク》の指だったか」

弦一郎は予感が的中したのを悟った。

「旦那、どういうことでやしょう」

半兵衛と茂平次が弦一郎に視線を集めた。

「言わずと知れたことよ。勘助の背後に隠れている黒幕が、勘助の口を閉ざしたのさ」

「するってえと、和助と犬を殺したのも、その黒幕の仕業ということに……」

「直接手を汚したのは勘助だろう。だが、真の下手人は勘助の背後に隠れている。そいつが、詮議《せんぎ》の手が勘助に伸びそうな気配に、お上の先まわりをして勘助の口を封じたのさ」

「黒幕はなぜ和助を殺したんでしょう」

「和助は黒幕がだれか知っていたのよ。そこで黒幕は勘助に命じて和助を殺させた。ところが、奉行所が勘助の指に目をつけて詮議を始めたものだから、尻に火がついた」

「おれたちが狙った的の方角はまちがっていなかったというわけでやすね」

茂平次が言った。

「そういうこった。だが、これで黒幕へつづく糸が切れた。黒幕が勘助を殺《バラ》したということは、勘助とのつながりが表に現われていねえということだ」

弦一郎は唇《くちびる》を噛《か》んだ。

七

　ここに詮議は振りだしに戻った。だが詮議の方角はまちがっていない。黒幕は勘助に脅威を、いや勘助に目をつけた弦一郎に脅威をおぼえたのである。

「道庵先生、もう一つ聞きてえ」

「まったくあんたって人は、立ってる者は親でも使う人使いの荒い人だね。それで、なんじゃな」

「先生はこの小指の切れっ端が以前に一節から詰めて適切な手当てを受けていると言ったが、そりゃあ医者が手当てしたということかい」

「そうだよ。素人ではこうはいかない」

「何年ぐらい前《めえ》に手当てをしたか、わかるかね」

「そうじゃな。三年。四年はたっておらんだろう」

「医者によって手当ての仕方がちがうかね」

「一口に医者と言っても流儀がある。手当ての仕方はちがってくるな」

「この傷痕から、どこの医者が手当てをしたかわからねえかな」

「難しいことを言うもんじゃないよ。大きな傷痕ならともかく、小指の先を詰めた手当てなんて、どこの医者がやっても同じようなもんだ」

「そこをなんとか……先生、頼むよ」

弦一郎に頭を下げられて、道庵は、改めて勘助の小指の断端を見つめ直して、

「どこの医者かまではわからんが、少なくともこの手当ては普通の医者ではないな」

と言った。

「普通の医者ではないというと……？」

「つまり、人間の医者ではないということだ。人間の金瘡医《きんそうい》（外科医）であれば、傷口が早く塞がるように残った皮膚をなるべく引っ張り合わせて縫《ぬ》い合わせる。この手当てをした医者は、素人が詰めた傷口をなめらかにするために、さらにもう一度薄く切っている。こういう手当てをする医者は傷口に毛が入らないように荒れた傷口をさらに薄く削ぐ獣《けもの》医者に多い」

「獣医者だって？」

弦一郎はおもわず強い声を発した。

「獣医者がどうかしたかね」

道庵が弦一郎の反応に驚いたような顔をした。

「獣医者には犬猫医者が含まれるかね」

「八丁堀にその人ありと聞こえるあんたが、そんな馬鹿なことを聞くもんじゃないよ。犬猫は立派な獣じゃないかね。もっとも猫は十二支から外れているがね」

「道庵先生、有り難う。この通りだ」

弦一郎は道庵の手を取って礼を言った。

「一体、どうしたんだね。どういう拍子の瓢簞《ひょうたん》か、気持ちが悪いね」

道庵が言った。

道庵を帰した後、弦一郎は半兵衛と茂平次に言った。

「勘助の身の周りに犬猫医者がいなかったか調べてくれ。どんなつながりでもいい、勘助が関わったことのある人間の中に犬猫医者がいなかったか……。おれはこれから和助の家へ行ってくる」

弦一郎は一度見失った的をふたたび見いだした目をしていた。今度こそ逃がさぬ。

弦一郎の目が彼の強い意志を物語っている。

昇仙閣に赴《おもむ》いた弦一郎は、出迎えた女房のおせいに、

「たびたび邪魔をしてすまねえが、殿が生きていたころ、犬医者に診《み》せたことはなかったかい」

と尋ねた。

「ありますよ。殿は一見丈夫そうでしたが、風邪をひいたり、腹を下したり、しょっちゅう医者通いをしていました」

おせいが答えた。

「その医者の名を教えてくんな」

「麹町十丁目の下条玄以先生です」

「なに、下条玄以だと」

弦一郎の目が光った。

下条玄以は猫鍋が不老長寿に効能があるという迷信が流布して、猫のかどわかしが流行《はや》ったとき、自分の飼い猫をかどわかされて身代金を支払い、無事に取り戻した最初の飼い主であった。

玄以が身代金を支払って飼い猫を買い戻してから、猫鍋目的の猫のかどわかしが身代金目的に変わったのである。

「ようやく読めてきたぜ」

弦一郎はうめいた。

おせいに会った後、弦一郎はその足を隣家の晴気庵に伸ばした。主人の惣兵衛は依然として罪状否認のまま伝馬町《てんまちょう》の牢《ろう》につながれている。

今日では未決の間は無罪を推定されるが、江戸期には、未決の囚人はなにか悪いことをしたから捕縛《ほばく》されて吟味《ぎんみ》されているという、有罪を前提としての意識である。それだけに入牢《じゅろう》中の扱いは非人間的であった。惣兵衛がどこまでそれに耐えられるかわからない。

惣兵衛の女房に会った弦一郎は、彼の飼い猫寅も下条玄以にかかりつけていたことを確かめた。

二日後、半兵衛と茂平次が帰って来た。その顔を見て、成果があったことがわかった。

「旦那、いましたよ。勘助が関わっていたことのある猫医者が……」

半兵衛が言った。

「麹町の下条玄以だろう」

「旦那、ご存じだったんで」

半兵衛と茂平次が驚いた表情をした。

「おれの方は後で話す。それで勘助と玄以はどんな関わりがあったんだい」

弦一郎が促した。

「玄以の野郎、犬猫医者でぼろ儲《もう》けした金で、江戸のあちこちに土地や家作を持っておりやす。それも自分は直接地主や家主にならず、人を雇って貸家や長屋を差配させておりやす。勘助の塒は玄以の貸家の一つでやした」

茂平次が報告した。

「なんだと。玄以が勘助の他町地主か」

さすがの弦一郎もそこまでは気がつかなかった。

江戸中期には経済力を持った町人が、支配者階級の武士を圧迫するようになり、町人の地主が増えてきた。地主には所有地に住んでいる居つき地主と、他の町内に土地や家屋を所有している他町地主と呼ばれる不在地主がいた。

他町地主は大商人や医師、豊かな大檀家を擁《よう》する僧侶などであったが、いずれも本業に忙しく、土地や家屋の管理ができないので、今日の雇われマダムのような家主や大家を雇って、貸家や土地を管理させたのである。

他町地主は本業の手前、それを隠すことがあるので、借家人は真の家主や地主がだれか知らないことが多い。医者や坊主は、家賃が払えぬからといって情容赦《なさけようしや》なく貧しい店子《たなご》を追い立てられない。そこで家主を雇って、家賃や地代の取り立てをさせる。

「なるほど、そんなつながりがあったか」

弦一郎はうなずいた。彼の言うつながりには、和助と惣兵衛ともつながったという二重の意味がある。

「よし、玄以と決着をつけよう」

弦一郎は半兵衛と茂平次を従えて、麴町の玄以の家へ行った。玄以は繁盛しているらしく、飼い主に付き添われた患者（患畜）で門前市をなしている。

「これはこれは八丁堀のお役人、なにか御用ですかな」

玄以は弦一郎を悠然と迎えた。診察室には犬や猫の鳴き声が交錯している。別棟には患畜が入院している。弟子も数人いるようである。

「邪魔をしてすまねえ。ちょいと聞きてえことがあってな」

弦一郎は言った。

「どんなことでございましょう。私にできることなら、喜んでお上の御用に立ちます」

「四谷北町のあんたの家作の店子に、勘助という男がいるのを知っているな」

「さあ、そう言われましても、貸家の差配は家主に任せておりますので」

玄以の顔にはなんの反応も現われない。

「その勘助が殺されたのは知っているだろう。家主と言えば親も同然、店子は子も同然だ」

「お役人さん、家主と申しましても、私は他町地主でございます。そのために差配の家主に任せておりますので」

玄以は薄く笑った。そんなことも知らないのかと、嘲笑《あざわら》ったように見えた。

「先月殺された坂町の昇仙閣和助の飼い犬は、あんたがかかりつけの医者だったんだってね」

「ああ、和助さんの犬は可哀想なことをしましたな。なに者かに打ち殺されたそうで。ひどいことをするやつがいるもんです」

玄以は少し眉《まゆ》をひそめたようである。

「犬も可哀想だが、和助も可哀想だよ。犬が殺されて十一日後、和助も同じ手口で打ち殺された」

「そのことは聞いております。私は犬猫医者なので、お役人から言われたこともあって、犬が殺されたことを最初におもいだしたのです」

「犬医者はそうでなくちゃあいけねえ。和助の隣家の晴気庵惣兵衛の飼い猫も、おまえさんがかかりつけだってね」

「そう言えば、惣兵衛さんが和助さんを殺したと疑われているようですね」

「惣兵衛は和助を殺してなんかいねえよ。無実の罪だ」

「それなのに、どうして解き放されないので」

「惣兵衛の無実の証《あか》しを立てるために、先生にも聞きに来たんだよ」

「そういうことであれば、できるだけお役に立ちたいとおもいます」

「こいつに見おぼえはねえかい」

弦一郎は勘助の小指の切片を差し出した。玄以が訝《いぶか》しげな目を切片に向けた。

「勘助が和助の飼い犬、殿に食いちぎられた指だよ。食いちぎられたとき、すでにこの指には爪がなかった。食いちぎられる前《めえ》に第一節から詰めていたんだな。その傷を手当てしたのは先生じゃなかったのかい」

弦一郎に問われて、玄以は、

「私は犬猫専門に診ておりますので、人間の手当てはしませんよ」

とにべもなく答えた。

「人間の手当てができねえわけじゃねえだろう」

「そりゃあ手当てはできますが、しませんね」

「ところで、先生の飼い猫をかどわかしたやつはだれだったんだね」

「それは言えません。だれにも言わないと約束したんです。それを言うと、またかどわかされます。今度は殺すと言っていました」

「なるほど。先生が身代金を払ったので、味をしめて猫のかどわかしが流行るようになった。そのことについてはなんともおもわねえかい」

「仕方がないとおもっていますよ。猫でも子供でもかどわかされた側にとっては同じことです。大切なものがかどわかされたら、全財産を出しても買い戻すでしょう」

「身代金を払える者はいいが、払えねえ者は買い戻せねえな」

「身代金を払えないような主に飼われている猫はかどわかしません」

「かどわかす前《めえ》に、あらかじめ調べているんだな。ひょっとして勘助が先生の猫をかどわかした張本じゃねえのかい」

「な、なにを証拠に、そんな言いがかりをつけるのですか」

玄以の表情がにわかにうろたえた。

「どうしてそんなにむきになるんだね。べつに勘助がかどわかしの張本でも差し支えあるめえ。言いがかりとは大袈裟《おおげさ》だね」

弦一郎に顔を覗き込まれて、玄以はますますうろたえた。

「勘助は晴気庵惣兵衛の飼い猫をかどわかすところを、昇仙閣和助の飼い犬に見つかって、指を食いちぎられた。猫と犬は仲がよかったんだね。犬は仲良しの猫を救おうとして勘助の指に咬みついたんだ。勘助は犬を打ち殺したが、指を咬み切られてしまったんだな。その指を見て、和助は指の主がだれか悟った。だが、奉行所に訴え出なかった。訴え出るかわりに、勘助を強請った。だが勘助の方が役者が一枚上だった。いや、勘助が上だったわけじゃねえ。勘助の背後にいる黒幕が一枚も二枚も上だった。黒幕は勘助に猫をかどわかさせて大儲けをしていた。勘助が捕まれば黒幕も芋蔓《いもづる》になってしまう。そこで勘助を使って和助を殺させた。

ところが、奉行所が和助の形見の中にあった勘助の指に目をつけて詮議を始めた。これまでは勘助の背後に隠れていた黒幕の尻に火がついた。そこで勘助を殺して、トカゲの尻尾《しっぽ》切りをしたというわけだ」

「面白いお話ですが、それが私にどんな関わりがあるので」

狼狽《ろうばい》の色を覗かせた玄以が立ち直っている。

「そいつを確かめるために邪魔をしているんだよ。猫や犬の病気を診ていたところで、一回一分《ぶ》（一両の四分の一）かそこそこだろう。猫をかどわかせば一匹で五両から十両の身代金が入る。だが、猫をかどわかせば、身代金を受け取るまで猫を手許に置いておかなけりゃあならねえ。猫を飼っていねえ人間の身の周りに急に猫が現われたら、疑われちまう。だが猫医者だったらその心配《しんぺえ》はねえわけだ。猫医者のそばに猫がいるのは当たり前の話だからな。もし差し支えなかったら、先生のところで扱っている猫を見せてもらいてえ《めえ》」

弦一郎の言葉に玄以の顔が蒼白になった。

「どうしたい、先生。預かって手当てをしている猫をみせてもらえねえかな。おや、だいぶ顔色が悪いようだが、どうかしたかい。それとも猫を見せてはなにか都合が悪い事情でもあるのかい」

「患畜はみだりに人には見せない」

玄以は必死に言い張った。

「御用の筋だ。茂平次、表に待たせている惣兵衛の女房を連れて来な。飼い主が見ればすぐにわかる。預けてもいねえ猫が先生のところにいたら、こいつは面白《おもしれ》えことになるぜ」

玄以はがくがくと震え始めた。

玄以の許から惣兵衛の飼い猫が発見されて、玄以は言い逃れがきかなくなった。その場から大番屋に連行された玄以は、すべてを自供した。

「すべてお察しの通りでございます。勘助に飼い猫をかどわかされ、身代金を払って買い戻したとき、猫のかどわかしが金になることに気がつきました。そこで勘助と組んで、金持ちの猫をかどわかし、身代金を取ることをおもいついたのです。猫や犬を診ていたところで大した金にはなりません。ところが猫をかどわかせば、飼い主は気前よく身代金を支払ってくれました。勘助には分け前として身代金の二割をあたえました。勘助もかどわかしたものの、猫を手許に隠しておくことができず、私の申し出は渡りに船でした。

猫鍋や三味線《しゃみせん》屋に売ったところでたかが知れていますが、私と組んで猫をかどわかせばいくらでも金が入ってきます。しかも奉行所に訴え出れば、今度は猫を殺すと脅かすと、飼い主は絶対に届け出ません。猫は好物の餌《えさ》を仕掛けたり、またたびを焚《た》いたりすれば、自分の方から罠へ入って来ます。人間をかどわかすよりも容易で、安全でした」

玄以の白状によって、事件は完全に解決した。

八

一件落着後、例によって半兵衛と茂平次が絵解きをせがんだ。

「旦那、和助が勘助の指を見て、その主を察したのは、和助と勘助の二人が知り合いだったんでやしょうか」

半兵衛が問うた。

「和助は飼い犬を玄以にかかりつけていたとき、玄以のところで勘助を見かけたのかもしれねえな。勘助はもともと玄以の店子だった。玄以と組んでかどわかした猫を患畜のように見せかけて、玄以の許へ連れて来たとき、和助と勘助は出会っているかもしれねえ。どこで和助が勘助を知っていたにしても、玄以は二人が知り合いだったことに仰天したにちげえねえ。和助が勘助を強請ったのは、玄以を強請ったのと同じことだった」

「だったら、和助を殺す前《めえ》に、勘助を殺した方が手っ取り早かったとおもいやすが」

茂平次が口を挟んだ。

「そんなことをしてみろ。和助は勘助の背後に黒幕がいることに勘づくじゃねえか。勘助は同じ穴の狢《むじな》だ。生かしておいても玄以にとって危なくはねえ」

「だったら、勘助を殺すことはなかったんじゃねえんで」

「おれたちが勘助の指に目をつけたからよ。おれたちが勘助を遠まわしに殺したようなもんだ」

「そんなことはないわ。勘助は自業自得よ」

かたわらからおこなが口を挟んだ。三人がおこなに目を向けた。

「猫を小判に換えようとして、犬に咬まれたのが命取りになっちゃったのよ」

「犬猫は仲が悪いと相場が決まっているが、相場通りにいかなかったのが算盤《そろばん》ちがいだったわけだ」

「猫に小判、算盤ちがいを犬が食ったか」

「今夜は美味《おい》しい鍋にしたわ。半兵衛さんも茂平次さんも一緒に突っついていかない」

「まさか猫鍋じゃねえだろうね」

「せっかく一緒にとおもったけれど、もうやめたわ」

おこながツンと横を向いたので、半兵衛と茂平次が慌てた。

地球から逃げた猫

捜査一課の刑事は、事件が起きなければ意外に閑《ひま》である。

事件当番は在庁ともいって、警視庁六階にある大部屋に詰めて、事件の発生を待っている。この部屋に人影もなく、ひっそりと静まり返っているときは、捜査一課が全員現場に出張っていて、最高に忙しいときである。

平穏無事なときは、茶を飲みながら雑談を交わし、将棋を指し碁を打って時間を潰《つぶ》している。一見のんびりムードであるが、いつ、どこへでも押《お》っ取《と》り刀《がたな》で駆けつけられるように待機の姿勢を取っているのは、心身共に疲れる。刑事はむしろ、事件が発生した方がほっとするのである。

なにも起きぬまま午後五時をまわると帰宅する。帰宅しても、待機の姿勢は変わらない。四日ごとに在庁明けとなって裏番になる。

棟居《むねすえ》はオフのときはよく散歩をする。ただし、どこに行くときも携帯は絶対に忘れない。紐付《ひもつ》きのオフである。

もっとも今日では、刑事に限らず、すべての人間が携帯を〝携帯〟しているので、みななんらかの紐付きといえよう。

携帯を所持していないと、山間離島にでも隔離されたかのように不安になる。これを携帯シンドロームという。

棟居が携帯を忘れることはあり得ない。武士が刀を忘れないように、携帯は彼の身体の一部になっている。

自宅を中心とした散歩コースは定まっている。A、B、C三コースあって、そのときの気分によって選ぶ。同じコースでも、季節、時間帯、天候、体調、気分等によって異なる風景を見せてくれる。

Aコースは風景がよく最もお気に入りで、時間が充分あるときはこのコースを取る。Bは雨のときによい。Cは起伏が多いので運動不足のときに効率がよい。

棟居は最近、携帯と共に小型のカメラを携行するようになった。親しくしている鑑《かん》識《しき》課員から、

「カメラを持っているともう一つの目ができる。肉眼では見えないものも見えてくるよ」

と勧められて携行するようになった。

たしかに彼の言う通り、カメラを通すともう一つ、新たな目が生まれた。

肉眼では視野が広がり、焦点が放散してしまう。見ていながら、実際にはなにも見

ていない。後になって振り返ると、散歩コースの情景や、出会った人や、動物の顔、路傍に咲いていた花の色や種類、空や雲の色など、ほとんどなにもおぼえていない。ただ漫然と見過ごしている。

これがカメラを通すと焦点がはっきりする。切り取られた構図に、見たものはより鮮明にディテールを揃《そろ》えてよみがえる。枠のない肉眼では放散していた情報が、カメラのフレームに仕切られてぎっしりとつめ込まれる。人生の中の日常性が切り取られて、非日常《シュール》になる。

これが同じカメラで撮っても、事件現場となると途端に日常になる。たとえオフであっても、いつ事件に出くわさないとも限らないので、棟居が所持するカメラは半日常であるかもしれない。

あるオフの日の夕方、棟居はAコースを散歩していた。このコースには棟居と顔馴《かおな》染《じみ》になった動物が多い。

動物といっても犬と猫であるが、犬はほとんど飼い主がいる。猫となると野良が多数派になる。犬はおおむね飼い主の性格を反映して杓子定規《しやくしじようぎ》であるが、野良は天下御免の〝浪人〟であるから、犬に比べて圧倒的に面白い。

棟居を見かけただけで近づいて来る化け猫のような野良がいるかとおもうと、カメラを向けただけで逃げてしまう用心深い猫もいる。全身皮膚病だらけで、涎《よだれ》を垂らしながらすり寄って来るのには閉口させられるが、情が移る。

散歩途上、犬は飼い主に排泄《はいせつ》の世話をしてもらっている場面をよく見受けるが、猫はめったにそんな場面を見せない。いかにも血統のよさそうな犬が、人前も憚《はばか》らず排泄しているかたわらを、化け猫が犬を横目に通り過ぎる光景は、猫のプライドの高さを示しているようである。

Ａコースにはさくら荘という古ぼけたアパートがある。二階建て、トタン屋根は錆《さび》つき、壁には雨水のシミが黒い縞《しま》を描いている。空室なのか、ガラスが破れたまま放置されている窓も見える。単室構成、おそらくトイレットも共用であろう。だが、入居者はいるらしく、時どき人が出入りしているのを見かける。

このアパートの界隈《かいわい》をテリトリーにしている一匹の猫がいる。白地に黒や茶の斑点《はんてん》模様のあるまだ若そうな猫で、人懐《ひとなつ》こい性格で、棟居を見ると寄って来る。近所の住人に可愛がられているらしく、栄養状態はよい。

いつも姿を現わすとは限らない。ここのところ姿を見かけないので、棟居は気になっていた。最近、界隈に犬や猫が毒死する事件が連発しているので心配であった。

動物に毒を盛って殺し、人が騒ぐのを見て喜んでいる愉快犯の犯行かもしれない。

あるいは猫さらいが捕獲して行ったかもしれない。医事研究所が密《ひそ》かに猫をけっこうな値段で買い集めているという噂《うわさ》が聞こえている。

そんな愉快犯や猫さらいの餌食《えじき》になっていなければよいがと、棟居は願っていた。

そのおんぼろアパートの前にその猫がいた。棟居はほっとした。

猫には〝先客〟がいた。若い女性で、すり寄って来た猫の頭を撫《な》でてやっている。猫もごろごろ喉《のど》を鳴らしながら甘えている。

棟居の姿に気がついた女性は、猫にバイバイと言うと、立ち去って行った。これから出かけるらしく、上品なスーツをまとい、バッグを提《さ》げている。遅い仕事の出勤前であったかもしれない。

その女性はアパートの入居者のようであった。棟居は出勤前のわずかな時間、女性と猫との交歓の時間を邪魔したような気がして、悪いことをしたとおもった。

女性が立ち去ったので、棟居は猫と向かい合った。いまだにその猫の名前を知らない。

そのとき棟居は背後に、

「ユーちゃんです」

という若い女性の声を聞いた。声の方角を振り返ると、立ち去ったとおもっていた女性が、折から夕陽の逆光の中にシルエットとなってたたずんでいた。

「その猫、ユーちゃんです」

女性のシルエットはふたたび言った。

「ユーちゃんですか」

おうむ返しに言った棟居に、

「可愛いでしょう」

と言うと、彼女はちょこんと頭を下げて、夕映えの中に遠ざかって行った。棟居はしばらく口を半開きにしたまま、彼女のシルエットを見送っていた。

その後、その老朽アパートの前を通るつど、夕映えのシルエットの主を探したが、彼女もユーちゃんも見かけなかった。

束の間のオフは終わり、在庁がまわってきたとき、事件が発生した。

被害者は秋野《あきの》隆《たかし》、二十七歳。指定暴力団・一誠《いっせい》会系の元下部団体構成員である。区内の深夜の公園で、背後から鋭利な刃物で急所をえぐられて、即死同然に死んだ。

所轄《しょかつ》署に捜査本部が設置され、捜査が始まった。捜査本部の大勢としては、暴力団の抗争を疑っていた。

捜査本部に参加した棟居は、被害者の住所に驚いた。さくら荘というアパート名に記憶があった棟居は、夕陽のシルエットの主が入居しているアパートと同一であることを知った。ユーちゃんの縄張り《ハイムテリトリー》のアパートでもある。

偶然とはいえ、棟居は因縁をおぼえた。

暴力団の背後関係を洗ったところ、一誠会系は平和共存路線に切り換えており、現在、敵対団体はなく、抗争もない。覇権が確立した一誠会に歯向かう団体はなく、暴力団も抗争が高くつくことを知っている。収入源が混み合ってきても、話し合いで解決している。

こんな時期に、末端のチンピラでも刺し殺せば、敵に口実をあたえる前に、業界から袋叩き《ふくろだた》きにされてしまう。

最近は暴力団も利口になって、愛される「暴力団」に、犯罪集団から合法団体へ、「暴力団」ではなく実力団にと衣替えを図っている。

捜査を進めるうちに、当初の暴力団抗争説が後退し、異性関係、もしくは金銭のトラブルの線が濃くなってきた。

秋野は一年ほど前まで、所属暴力団が新たな収入源《シノギ》として営業していた闇金融の店長を務め、上納金のトップの座を占めていたが、五万貸して十日で十万取り立てる悪《あく》辣《らつ》な貸し付けに、客の一人が自殺をしてしまった。

そのショックから闇金融をやめ、いまはバーやクラブにおしぼりや観葉植物のリースをしていたという。

闇金融当時の客が恨《うら》みを忘れず、追跡して来たのではないかという意見もあったが、食いものにされた多重債務者には、追いつめられて自殺する者はいても、反撃する気力はない。自殺をした客の遺族は田舎《いなか》に帰り、実家の農業を手伝っていた。

他の客は現在の闇金業者に追いまくられて、一年も前の闇金店長などは忘れてしまっている。

並行して異性関係が洗われたが、二年前に離婚後、特定の女性は見当たらない。

棟居は夕陽のシルエットの主とおもわぬ形で再会を果たした。

彼女の名前は坂野希美代《さかのきみよ》、銀座のクラブ「シェル」のホステスである。

希美代は棟居をおぼえていた。

「刑事さんでらしたの。カメラを持って散歩しているところを時どきお見かけしましたけれど、刑事さんとは知りませんでした」

と彼女は棟居の素性に驚いたようであった。

棟居が秋野隆の事件の捜査を担当していると告げると、希美代は目を潤《うる》ませて、

「秋野さんは心の優しい人でした。以前、高利貸しをしていたそうですが、その当時

のお客がこのアパートに住んでいて、秋野さんから借りたお金を返せなくなり、自殺をしてしまったのです。秋野さんはそのことに強いショックを受けて高利貸しをやめ、リースの仕事に変わったのです。

自殺をした人は川原《かわはら》さんというのですが、川原さんの奥さんは、ユーちゃんを残して、奥さんの田舎に帰ってしまいました。

秋野さんは自殺をした川原さんが飼っていたユーちゃんを引き取り、このアパートに入居しました。ユーちゃんの飼い主が自殺をしてしまったので、自分が代わりに面倒をみると言っていました。秋野さんの当時の住所では動物が飼えないので、川原さんの部屋に入居したのです。いくら後悔しても、普通はそこまでできません。

たしかに秋野さんはひどい高利貸しをしていたかもしれませんが、その後の行動に私はとても感動して、お店にもリースの仕事を紹介したのです。刑事さん、どうか一日も早く犯人を捕まえてください」

と坂野希美代は訴えた。

「我々も総力を挙げて捜査しています。そこでお尋ねしますが、秋野氏に恨みを抱いていたような人物の心当たりはありませんか」

と棟居は問うた。

「特定の人についての心当たりはありませんが、最近、ちょっと気になることがあります」

と希美代は言った。

「気になることというと……？」

「地上げ屋がこのアパートを狙っていたのです」

「地上げ屋が狙っていた……それはどういうことですか」

「実は、このアパートの敷地を含めて、巨大マンションの用地買収が始まっています。このアパートは巨大マンションの中心部に当たるそうです。このアパートの敷地を買収できなければ、マンション建設計画は頓挫《とんざ》してしまいます。大家さんも土地を売る意思はありませんが、私たちには借家権があります。

大家さんには息子さんが一人います。彼はせっかく高値のついている老朽アパートの土地を売り飛ばしたい意向のようですけれど、大家さんは累代《るいだい》引き継いできたこのアパートに愛着があって、どんなに札束を積まれても売る気はないと突っぱねています。

地上げ屋も必死になって、札束攻勢で住人たちに迫って来ています。でも、私たちはアパートから出て行きたくありません。このアパートは、いまの東京では奇跡のような場所なのです。大家さんは優しいし、入居者たちはとても仲がよくて、八方から集まって来た赤の他人なのに、まるで家族のように暮らしています。土曜日の夕方は大家さんの部屋に入居者が集まって、土曜サロンを開きます。年一回、みんなで旅行にも出かけますし、お花見もします。お仕事の都合や転勤でやむを得ず引っ越したOB入居者も、旅行やお花見に参加します。もうこういうアパートは東京のどこを探してもないでしょう。私たちはこのアパートを大切にしています。いま、全住人がユーちゃんの飼い主です。

入居者たちは結束して買い占めに抵抗しました。でも、地上げ屋はあきらめず、すでに買収ずみの土地に建設機械を入れて地ならしをしたり、大ボリュームのお経のテープを流したり、大きな焚《た》き火《び》をしたりしながら、この辺り、最近、火事が多いようだと脅《おど》かします。また目立つところに野良猫の死骸《しがい》を置いて、最近、犬や猫に毒を仕掛ける悪いやつがいるから気をつけなよと、ユーちゃんを指さしたりします。

そんな地上げ屋に対して、いつも先頭に立って向かい合ってくれたのが秋野さんでした。さすがの地上げ屋も、業界の裏の裏に通じた秋野さんには手を焼いていたようです」

「つまり、地上げ屋が疑わしいということですね」

「地上げ屋の背後には暴力団がいるとおもいます。秋野さんは、彼らは切羽《せっぱ》つまればどんな汚い手も使うから注意するようにと言っていました」

坂野希美代の言葉に、棟居はこの界隈に立てられていた巨大マンション建設反対の旗をおもいだした。

他の入居者たちに聞いても、秋野の評判は抜群によかった。

秋野はアパートの守護神であるだけではなく、界隈のマンション建設反対運動の旗手となって、悪辣な地上げ屋たちを向こうにまわして一歩も退かず戦っていた。秋野を失って、マンション建設反対運動は大きく後退せざるを得なくなっていた。

捜査を進めるうちに、地上げ屋の背後に大手不動産会社や銀行の存在が浮かび上がってきた。

再開発計画や、新線開通などでにわかに脚光を浴びた土地には地上げ屋がはびこる。だが、そんな計画が表沙汰《おもてざた》になる前から、情報を先取りした不動産会社や銀行が、その土地を買い集める。

まず底地《そこち》という上に建物が乗っている土地を買い漁《あさ》り、建物の所有者や借家人を追い出して更地、いわゆる地上に建物がない土地にしてしまう。

借地人や借家人は居住権が保障されているので、土地の所有者といえども、その土地を自由に処分できない。

更地は地上になにもない新地であるので、地主がなにをしようと自由である。

まず底地を買い集め、これを更地にしてしまえば、地価は高騰する。これに目をつけた銀行が、ダミーの不動産会社に金を出して、地上げ屋を手先に土地を買収する。

ダミーの不動産会社の重要なポストはほとんどを銀行のOBが占めている。地上げ屋は暴力団と手を結び、札束と脅迫という飴《あめ》と鞭《むち》で住人を追い出して行く。

銀行が元凶であるとすれば、ダミーの不動産会社が実戦部隊、地上げ屋は斬り込み部隊長、暴力団が最前線の先兵というわけである。

このようにして土地を買い集めても、住人が借地権や借家契約を楯《たて》に居座れば、更地にはできない。

だが、住人にも弱点がある。家が火事で焼失してしまえば、借家契約も消滅する。

地上げ屋が追い出し工作に放火したとしても、なかなか証明できない。

悪質な地上げ屋は、脅し屋、追い出し屋、壊し屋、火付け屋などに役目を分担している。

地上げ屋の手口は地元の生命線ともいうべき商店街から食い荒らす。地域に密着している八百屋、魚屋、蕎麦《そば》屋、薬屋、床屋、美容室など個別に潰していく。家があっても商店のない土地では生活ができない。

それでも頑《がん》として動かない住人に対しては、追い出し屋と壊し屋が出動して、ありとあらゆるいやがらせをする。

さくら荘の界隈も、いつの間にか商店街が虫食いだらけにされていた。

最も頑強な抵抗の拠点とされていたさくら荘は、その旗頭である秋野を失ってから、地上げ屋の攻撃の主標的《メインターゲット》とされた。

いつになく鴉《からす》の声がうるさいので出てみると、ゴミの集積場に生ゴミがまき散らされて、鴉が群がっている。妙なにおいがするので、住人が臭源を探してみると、建物に振りかけたらしい灯油を少し残した容器が敷地内に放置され、壁に火の用心と書かれていた。

明らかに地上げ屋の仕業であったが、確たる証拠はない。この種のいやがらせは現行犯でないと逮捕できない。

捜査を進めるほどに、秋野殺しの容疑者として地上げ屋の線が太くなった。

界隈の住人も地上げ屋を疑っている。

だが、棟居はいまひとつ釈然としないものがあった。

これまで地上げに絡んで殺人が発生した例はない。地上げ屋が殺人を犯したことが露見すれば、莫大《ばくだい》な資金をつぎ込んで行なった地上げが水泡に帰する。危険があまりにも大きい。

特に、黒幕が銀行であるから、どんなに血迷っても殺人を犯すとは考えられない。暴力団と結びついた壊し屋、火付け屋なども、破壊や放火の実行まではしない。

棟つづきの隣家まで買収が進んだときは、棟や柱や壁などを境界線まで切断して打ち壊すが、買収に応じない家は残しておく。棟つづきの家が半分ちょん切られてしまえば家屋としての機能を失ってしまうが、残されていることは確かである。

灯油をまいて火の用心の貼り紙をすることと、実際の放火はちがう。

棟居がもう一つ気になっていることは、界隈に頻発《ひんぱつ》している動物の毒死事件である。愉快犯の犯行と見られているが、この事件は秋野殺しに関係ないであろうか。

秋野が殺害された公園は、猫のたまり場でもあることが気になった。動物毒死事件が頻発してから、さくら荘の住人たちは、ユーちゃんを外に出さないようにしているらしい。

捜査本部の大勢意見は、「建設反対運動の旗手一人を取り除くことによって、巨大な金をつぎ込んだ用地買収が成功するとなれば、充分殺人の動機がある」として、地上げ屋を容疑者の最前列に置いていた。

捜査は難航した。秋野が殺されてから、警察が地上げ屋に嫌疑をかけていることを察したらしく、自粛《じしゅく》しているようである。地上げ屋の中から有力な容疑者は浮かび上がらない。

棟居は聞き込みの途上、その日が土曜日あることをおもいだして、さくら荘に立ち寄った。今日は入居者たちの土曜サロンが大家の部屋で開かれるということを坂野希美代から聞いていたからである。

この日は大家を中心に、入居者が全員集まっていた。棟居は聞き込み捜査に来て、彼らとすでに顔馴染であった。

坂野希美代以下、茶碗行商人、歯科技工士、占い師、美容師、宅配便の運転手、作家の卵、進学塾の教師、タクシー運転手、ＳＭクラブの女王など、職業もまちまちで、まさに社会の万華鏡のようである。

茶碗行商人夫婦以外は全員独身である。生活パターンが異なるので、土曜サロンの全員が顔を揃《そろ》えるのは珍しい。それでも出席率八割を常に維持しているというのであるから、いかに入居者たちがこのサロンを愉《たの》しみにしているかがわかる。

しばらく姿を見かけなかったユーちゃんまでが、サロンの隅にうずくまっている。

全員が棟居の参加を歓迎してくれた。事件発生前から散歩途上の棟居を、住人たちはよく見かけていたらしい。アパートの守り神であり、マンション反対運動の旗手であった秋野を殺した犯人を捜査している棟居に、住人たちは好意的であった。

サロンは和気あいあいとしていたが、秋野を欠いて、埋めようのない寂しさが漂っている。話題はどうしても秋野の想い出に集まり、追悼会のようになっていく。捜査が低迷していて、棟居は面目ないおもいがした。

「どうも湿っぽくっていけねえや。秋野さん、お祭りが好きだったからね。女王、みんなに鞭《むち》打って、目を覚ましてやんな」

大家が女王に言った。

「大家さん、私たち、SMじゃないわよ」

美容師が抗議するように言った。

「SMじゃなければ、なんなんだね」

「私はHM、ヘアメイク」

即妙に美容師が切り返したので、一同がどっと沸《わ》いた。ようやくサロンらしい雰囲気になった。

「先生、筮竹《ぜいちく》で犯人を占えないかね」

宅配便の運転手が占い師に問うた。

「私は星占いよ」

「それじゃあ、星になんと出たね」

「あいにく毎日梅雨《つゆ》模様で、星が見えないわ」

占い師が言い返した。

「そうだよね。占いで犯人がわかれば、刑事さんはアガったりだ」

ワンチャ屋（茶碗屋）と呼ばれている露天商が言ったので、またどっと座が沸いた。

「そうだ、景気直しにワンチャ（茶碗）屋さんに高市《たかまち》の叩き売り《バサ》を打ってもらえないかな」

ガソリンスタンドの従業員が言いだした。ワンチャ屋の口上売りの実演はサロンの愉しみの一つである。

「おれにばかりやらせないで、油屋、あんたもたまには蟇の油《ガマトロ》の口上売り《タンカバイ》をしたらどうだい」

とワンチャ屋に言われたガソリンスタンドの従業員が、

「勘ちがいしないでよ。おれが売っているのはガソリンで、蟇の油《ガマトロ》じゃないよ」

「油を売っていることには変わりがねえだろう」

「タンカバイには向かない。オクタン、タン価が高いからね」

と丁々発止とやり合って、雰囲気が盛り上がってきた。

「それじゃあ、秋野さんを追悼して、一丁やってやるか」

ようやくワンチャ屋がその気になったらしい。

ワンチャ屋は手許にあった茶碗を取り上げると、箸《はし》で調子を取ってチンチン叩《たた》きながら、

「……憎まれっ子世に憚《はばか》る。日光ケッコー東照宮。恐れ入谷《いりや》の鬼子母神《きしもじん》。お産で死んだが三島《みしま》のお仙《せん》、お仙ばかりが女じゃないよ。隣りのばあさん吊《つ》るし柿、うちの母ちゃん出臍《でべそ》。イギリスばかりが女王じゃないよ、SMクラブの女王さま。女王陛下のお気に入り。熊の膏薬《こうやく》伝三郎、宅配便のクリスマス。星占いにヘアメイク、当たるも八卦《はっけ》当たらぬも八卦、同じ八卦ならはっけよいよい。他人《ひと》の髪見て我が髪直せ。ガソリンスタンド立ち小便。作家の卵は食えません、食えぬ食えぬと食っている。どん亀《がめ》タクシー、覗《のぞ》きの元祖は出歯亀《でばがめ》だ。けっこう毛だらけ猫灰だらけ。ユーちゃん優雅に猫やってます。見上げたもんだよ屋根屋の金玉、あっ、まちがった、おんぼろ長屋の一致団結。チンチンチン」

と即興に住人たちを読み込んだ口上《タンカ》を切った。途端に、

「おれは立ち小便なんかしないぞ」

「なんだか私が覗きをしているみたいじゃないか」

「私、出臍じゃないわよ」

「おんぼろ長屋とはなんだね」

と一斉に抗議の声があがった。ユーちゃんまでが部屋の隅から起き上がって来て、ワンチャ屋の前で抗議するように、にゃあと鳴いた。たちまち笑声の渦となった。

棟居はそのさまを見ながら、坂野希美代が言ったように、ここが都会の奇跡の空間であることを実感した。

未知の人間たちが、この大都会の老朽アパートに吹きだまった落葉のように社会の八方から集まり、人肌の温もりを確かめ合っている。住人が長く居座るのも、家賃が安いせいだけではない。すでに都会から失われている人肌の温もりがこのアパートにはしっかりと残っている。

OB入居者までがアパート恒例の旅行や花見に参加するというのも、さくら荘に永遠の郷愁のようなものをおぼえているからであろう。

捜査は膠着《こうちゃく》状態に陥《おちい》っていた。界隈に跳梁《ちょうりょう》している地上げ屋をしらみ潰しに当たったが、結局、犯人に結びつくような手がかりは得られなかった。

地上げ屋は土地の買い占めをするためにはかなりあくどい手段を弄《ろう》するが、その中に殺人は含まれていない。人を殺せば、土地どころか、自分の仕事や人生を失ってしまうことを知っていた。

彼らは土地という甘いものに群れる蟻《あり》であったが、少なくとも死体に群れるハイエナではない。

土地をめぐる住人と地上げ屋とのトラブルは、民事事件である。民事不介入の警察は両者のトラブルには明らかな犯罪性がない限り、取り合わない。

人を殺せば凶悪な犯罪であり、警察の介入を招いてしまう。民事不介入のバリアに守られて仕事をしている地上げ屋が、警察を呼び寄せるような犯罪を実行することは、自ら首を絞めるようなものである。

棟居がおもった通り、地上げ屋の容疑は薄くなってきていた。暴力団絡みの抗争もない。特定の異性関係も見当たらない。つまり、犯人がいなくなってしまった。

捜査本部では動機をまったく別の線に置き換えて、再検討を始めた。

捜査を振りだしにもどし、目撃者の発見のために現場周辺の再聞き込み捜査を徹底することになった。

だが、その後間もなく意外な事態が発生した。

棟居が所轄署の刑事とペアになって界隈を聞き込みに歩いていると、背後から突然、声をかけられた。声の方角に目を向けると、坂野希美代が笑みを含んで立っていた。

「やあ、先日は愉《たの》しかったですよ」

棟居が挨拶《あいさつ》を返すと、

「あの夜のサロンが最後になりました」

と希美代は面《おもて》を曇らせて言った。

「最後に？　もう土曜サロンはやめたのですか」

棟居は少なからず落胆して問い返した。あの夜の愉しい集《つど》いが、もうなくなってしまったのかとおもうと寂しい。

「大家さんが亡くなってしまったのです。以前から血圧が高くて注意していたそうですが、突然、トイレで倒れて、それきりになってしまいました。救急車が来たときは手遅れでした」

希美代は涙声になっていた。

「全然知りませんでした。あのときはとてもお元気だったのに。まさかそんな突然に亡くなるとはおもってもみませんでした」

棟居も大家の突然の訃報《ふほう》に、悔《く》やみの言葉が見当たらない。

「私たちもびっくりしました。一週間前の夜、お店から帰って来ると、大家さんは亡くなっていました。あいにく不在の方が多くて、ほとんどの入居者が死に目に会えませんでした」

「葬儀はすんだのですか」

「五日前、近くの会館で入居者とご近所の方が集まって息子さんと葬儀をすませました」

「知っていれば、私もご焼香したかったですね」

大家と親しく言葉を交わしたのはあの夜が初めてであったが、散歩途上、何度か顔を合わせたことがあったような気がする。昔は腕のいい大工の棟梁《とうりよう》であったという噂があったが、伝法肌《でんぽうはだ》の威勢のいい口調と共に、来る者は拒まぬ寛容さで、分け隔てをせず人に接した。

入居者からは親のように慕われ、近所の人たちからは横丁のご隠居として親しまれていた。大家がいるだけで、その場の雰囲気が和《なご》む。それでいながら、悪辣な地上げ屋や不動産屋を向こうにまわして一歩も退かない強い芯《しん》を背骨に通しているようであった。

「私たちも近いうちにさくら荘から立ち退《の》くことになりました。刑事さんともお別れですわ」

　希美代は悲しげな口調になった。

「えっ、どうして立ち退くのですか」

「ご子息は大家さんと違って、さくら荘の用地をお金に換えたがっています。大家さんが亡くなったのをチャンスとばかり、地上げ屋と組んで、私たちの追い出しにかかっています」

「しかし、入居者には借家権があるでしょう」

「秋野さんにつづいて大家さんが亡くなり、サロンが閉められてしまったので、皆さん、急に元気がなくなってしまいました。それに建物自体がかなり老朽化していて、消防署から大家さんに立ち退き勧告を受けるのは時間の問題と見られています。これ以上、頑張っている意味がなくなってしまったのです」

「すると、ユーちゃんもまた野良になってしまうのですか」

「葬儀のとき、皆さんでユーちゃんの身の振り方について相談しまして、私が引き取ることにしました」

「そうですか。坂野さんに引き取っていただければ安心です」

「でも、動物の連れ込みを認めてくれる新しい栖《すみか》がなくて困っています」

「それはさぞお困りでしょう。私も及ばずながら、心当たりを探してみますよ」

「ぜひ、よろしくお願いします。まだしばらくはここにおりますので、よいところがありましたらご紹介ください」

と希美代はすがるような目をして言った。

八方から集まって来たさくら荘の入居者たちは、人生の拠点を失って、また八方に別れて行くのである。奇跡の空間は、文字通り奇跡として失われようとしている。

数日後、事件はおもいもかけないアクシデントによって一挙に解決をみた。

さくら荘近くの裏通りを一台の乗用車が制限速度を二十キロ以上超えて疾走して来た。時折、タクシーが間道に利用する以外、通行車はない。まだ道がつけられていない数少ない間道である。

いかにも戦闘的なボディスタイルの車であった。横丁から子供や自転車が飛び出して来れば停められそうもないスピードで、車は間道の独走を愉しんでいるようであった。

突然、路傍から白い毬《まり》が飛び出した。車はほとんどブレーキを踏むことなく白い毬をはね飛ばした。白い毬とみたのは一匹の猫であった。

猫はなんの緩衝も置かずに、獰猛《どうもう》な車にはねられて、進行方向に向かって宙高くはね上げられた。衝突した瞬間に即死したらしく、軽快に地上に軟着陸するはずの猫の体は、圧倒的な加速度をつけて路上に落下する物体となっていた。

衝突時、いったんスピードを緩めた車は、衝突した相手を猫と知ると、ふたたび加速して現場から走り去った。

目撃者がいた。犬を散歩させていた目撃者が車のナンバーを素早く記憶して、警察に届け出た。

加害車両はすぐに判明した。加害車両のドライバーは野良猫だとおもったと抗弁した。野良猫であれば罪にはならない。

猫には飼い主がいた。飼い主のいる猫を轢殺《れきさつ》すれば器物損壊罪になる。だが、人身の轢《ひ》き逃《に》げに比べて罪は軽い。また飼い主が告訴しなければ罪にはならない。

被害猫はユーちゃんであり、飼い主は坂野希美代であった。また加害者は希美代が入居しているさくら荘の現在の新大家であった。先代の大家であった父親が最近病死して、相続した。

飼い主は告訴しないことにした。

念のために加害車両を調べた警察は、意外な物質を発見した。それはこの界隈で頻発している犬や猫毒死事件の毒物に該当する農薬であった。

不審をもった所轄署の警察官は、その農薬を科学捜査研究所に持ち込んで、毒死した動物の死体から分析した毒物と対照検査をしてもらった。

その結果、同じ毒物のパラチオンと呼ばれる有機燐《りん》剤を検出した。

それだけではなかった。車内にあった登山ナイフを押収して調べたところ、ナイフの刃《ブレード》に付着していた血液が、秋野隆の血液型と一致した。

またナイフの形状が被害者の刺創《しそう》と一致し、刺創管の中に発見された金属の小片がナイフの刀身から剝《は》がれ落ちた金属と確認されて、このナイフが被害者を殺害するために用いられた凶器であることが証明された。

新大家は動かぬ証拠を突きつけられて、犯行を自供した。

「私が秋野さんを殺しました。私はさくら荘のある土地を売って、まとまった金が欲しかったのです。

しかし、親父《おやじ》は先祖代々の土地にしがみついていて、それを手放そうとしませんでした。親父は血圧が高く、心臓の持病を抱えていたので、どうせ長いことはありませんでした。問題は土地の上に乗っているおんぼろアパートの入居者たちです。彼らが借家権を楯に居座れば面倒なことになります。折からマンションの建設で地価が高騰して売りどきになりました。こんな機会でもなければ、あんな土地に高値をつける者はいません。

ところが、暴力団上がりの秋野が入り込んで来て、反対運動の先棒を担《かつ》いだもんですから、住人たちが結束して居座る構えを見せました。秋野さえいなければ、あとの連中はどうにでも料理できるとおもって、あの夜、私は最後の話し合いをしようと、彼を公園に誘い出しました。秋野は大家の息子の私にまったく警戒をしていませんでした。

私には初めから彼を説得する気持ちはありませんでした。秋野は親父の持病を知っていて心配していましたが、私が相続しても、アパートを売る意思はないことを伝えますと、大いに安心していました。秋野は、さくら荘は東京ではいまや天然記念物のようなオアシスだから、大切にしてほしいと能天気なことを言っていました。

隙《すき》を見て、隠し持っていた登山ナイフで背後から一突きに刺しました。秋野は驚いたようでしたが、抵抗もせず、『ばかなことを』と一言言って倒れました。

もう一人、いや、一匹。厄介《やっかい》なのがいました。それはアパートの住人一同が可愛がっていたユーちゃんです。アパートの全員が飼い主のような猫なので、ユーちゃんがいる限り、住人たちは結束してアパートに居座っているでしょう。ところが、秋野を殺した後、親父がユーちゃんを遺産の半分の相続人として指定した遺書を見つけました。こんな遺書が出てきたら、遺産は半分、猫に持っていかれてしまいます。ユーちゃんがいる限り、秋野を殺したことが無意味になってしまいます。私はユーちゃんを殺すために、知り合いの農家から殺虫剤に使うという名目で農薬を分けてもらい、界隈の野良猫や犬にその効き目を実験しました。効果は抜群でしたが、アパートの住人たちがユーちゃんを外に出さなくなりました。まさかあの日、ユーちゃんが私の車に飛び込んで来るとはおもいませんでした。このことはまったく予想外でした。

結局、猫一匹によって、私の人生は壊されてしまったのです。親父が寛大で、住人に動物の連れ込みを許したことが命取りになってしまいました。集合住宅でペットの飼育は許すべきではありません」

犯人の自供によって事件は解決した。

棟居が結果報告にさくら荘に赴くと、入居者に加えて、近所の多数の人間が集まっている。僧侶の姿も見えた。棟居はなにごとかとおもって、折よく顔を合わせた坂野希美代に向うと、

「今日はユーちゃんとのお別れの日です。ユーちゃんにお別れを告げるために、こんなに大勢の人々が集まってくださいました」

と潤んだ声で告げた。

言われて、棟居は彼女のほかに何人も喪服を着ていることに気がついた。

大家の部屋に祭壇が飾られ、ユーちゃんの遺影が飾られている。僧侶が読経をするかたわらで、会葬者たちが行列して次々に焼香をしている。棟居は同行した所轄署の水島《みずしま》と共に、行列に並んで焼香した。おもえばユーちゃんのおかげで事件は解決をみたのである。

希美代が祭壇の前に立って詩を朗読した。

「子ネコよ

草むらに、

朝顔が水色のランプをともしていた。

昼日なかというのに、

コオロギが小さく鳴いていた。

きのう、子ネコが車にはねられた
道ばたの草むら。
少女は、
目をつぶってかけぬける。
かけながら、
ボールのようにはずんだ子ネコの白いからだを思う。

――草の中をとんで
地球からにげた
小さいネコよ、
いまどこにいるの？」
（清水たみ子　詩集『かたつむりの詩』〈かど創房〉より）

帰途、棟居はしんみりとした気持ちになった。
「もしかするとユーちゃんは、入居者たちへの恩返しのために、犯人の車の前に飛び出したのかもしれませんね」

棟居が言うと、

「実は、焼香しながら、私もそんな気がしていました」

と水島がうなずいた。

「ユーちゃんは秋野氏を殺した犯人を知っていたのかもしれません。犯行現場はユーちゃんがよく遊びに行くテリトリーでした。しかし、ユーちゃんは犯人を大家の息子と知って、黙っていたのでしょうね。大家が死んで、アパートも解体されることに決まったので、自分が生きていてはみんなの荷物になるとおもい、犯人の車の前に身を投げたのじゃありませんか」

「一身を犠牲にして、飼い主の仇《かたき》を討った。犬は飼い主に忠誠を誓いますが、猫は誓いません。鍋島《なべしま》の猫ぐらいですが、あれは伝説です」

「だから奇跡なのですよ。もうあのような奇跡のアパートは、どこを探してもないでしょう。都会の奇跡のオアシスに吹きだまった落葉が、また拠点を失って社会の八方に散っていきます。住人たちも二度と再会することはないでしょう」

「寂しいですね」

「都会に住む人間は寂しさに馴《な》れています。寂しさを常食にしています。さくら荘の存在自体が非日常だったのですよ」

棟居は自分に言い聞かせるように言った。

棟居はユーちゃんの葬儀から帰るとき、坂野希美代が言った言葉をおもいだした。

「刑事さん、お世話になりました。またどこかでお目にかかることがあるかもしれません。お願いしていた動物連れ込みオーケーの住居探しは不要になりました。いろいろと有り難うございました。さようなら」

と希美代は言って握手を求めてきた。その冷たい手の感触が、棟居の手にまだ残っていた。

間もなくさくら荘は解体され、赤土を剝《む》き出《だ》したのっぺらぼうな土地に整地された。跡地は有刺鉄線で囲まれ、大手不動産会社の社名と共に、マンション建設予定用地と麗々しく書かれた看板が立てられた。

数ヵ月後、界隈の反対運動をねじ伏せて、大量の建設機械と作業員が入り込んで来た。すでにその用地の整地前になにが建っていたか、知っている者は少なかった。

棟居の散歩コースの愉《オアシス》しみは失われたが、時たまそこを通りかかるつど、棟居は空を仰ぎ、弔辞がわりに坂野希美代が読んだ詩文のように、「地球から逃げた」ユーちゃんの行方を、流れる雲の果てに追った。

【初出一覧】

◆森村誠一の「ねこエッセイ」

運命の猫	「月刊　ねこ新聞」	2006年1月号
猫の大将首	〃	2007年7月号
夕陽に身投げした猫	〃	2014年2月号
ミスユニバース・キャット	〃	〃 3月号
キャット・シッター	〃	〃 4月号
失脚猫	〃	〃 5月号
原発猫	〃	〃 6月号
狩人猫Ⅰ	〃	〃 7月号
別れ猫	〃	〃 8月号
飢えた猫	〃	〃 9月号
染まり猫	〃	〃 10月号
半家半外猫	〃	〃 11月号
アンモナイト猫	〃	〃 12月号
運命猫	〃	2015年1月号
猫文化	〃	〃 2月号

旅情猫	〃	〃	3月号
花猫Ⅰ	〃	〃	4月号
狩人猫Ⅱ	〃	〃	5月号
梅雨猫	〃	〃	6月号
象徴猫	〃	〃	7月号
予言猫	〃	〃	8月号
純化猫	〃	〃	9月号
反戦猫	〃	〃	10月号
迷い猫	〃	〃	11月号
猫が来た道	〃	〃	12月号
お迎え猫	〃	2016年	1月号
絆猫	〃	〃	2月号
花猫Ⅱ	〃	〃	3月号
文化猫	〃	〃	4月号
新緑猫	〃	〃	5月号
ただ一匹の猫	〃	〃	6月号
再生猫	〃	〃	7月号
和解猫	〃	〃	8月号・9月号

通婚猫　〃　〃　10月号
自由猫　〃　〃　11月号
潔い猫　〃　〃　12月号

◆森村誠一の「ねこ小説」

お猫様事件　「小説現代」　1993年12月号
（1998年1月　講談社文庫『殺人のスポットライト』所収）
犬猫《けんびょう》の仲　「オール讀物」　1997年10月号
（2003年1月　文春文庫『流行心中　非道人別帳（六）』所収）
地球から逃げた猫　「問題小説」　2006年9月号
（2011年3月　徳間文庫『喪失』所収）

解説

坂井希久子

まずは森村誠一先生と私の、かかわりから先に述べておこうと思う。

森村先生が盟友であった山村正夫先生の遺志を継ぎ、「山村正夫記念小説講座」の名誉塾長となられたのが一九九九年のこと。カルチャーセンターとは一線を画したプロ作家養成のための教室であり、山村先生時代には宮部みゆき氏、新津きよみ氏、篠田節子氏、鈴木輝一郎氏、上田秀人氏といった、錚々《そうそう》たる先輩たちがデビューしている。

森村先生が塾長になられてからも、七尾与史氏、土橋章宏氏、成田名璃子氏、川奈まり子氏、そして僭越《せんえつ》ながらワタクシ坂井希久子。その後も新人賞受賞者は続々と増えてきている。

そう、つまり森村先生と私は師弟関係。そのキャリアと小説界への貢献度を考えれば私ごときが「森村誠一の弟子」を名乗るのはおこがましいのだが、先生自身が「僕の弟子」と方々に紹介してくださるので、遠慮なく名乗らせていただいている。

私が「森村先生」と呼ぶのは作家先生という意味ではなく、師であるから。それ以外の呼称はしっくりこないので、この文中でもこれで通そうと思う。

森村先生もまた私のことを、「女王」と呼んでくださる。なぜなら私がデビュー前に、SMクラブの女王様をしていたから。と聞いて本編を先に読まれた方は、「おや？」と思われたことだろう。「地球から逃げた猫」にちらりと出てくるSMクラブの女王様は、おそらく私のことである。

それどころか『新・野性の証明』にも女王様は登場する。小説教室の講師と生徒が一丸となって巨悪に立ち向かう痛快ストーリー。ヘアメイクアーティストや気象予報士や占い師といったキャラクターも実際の教室生をモデルにしたもので、森村先生の、生徒への愛を感じさせる。

さて、本書は『ねこの証明』。ここ数年世間では、空前の猫ブームである。猫ビジネスもたけなわで、猫カフェに猫の島、猫アプリに猫シェアハウスなるものまである。ネットの動画サイトやSNSの隆盛で、無愛想、懐かない、二面性があるといった猫のマイナスイメージが、ことごとく吹き飛ばされてしまったせいもあろう。猫はたしかに理不尽な要求を押しつけてはくるが、飼い主だけに見せる媚態《びたい》や笑っちゃうようなドジなんか、一日中見ていても飽きないと思う。

人が猫を飼い始めたのは、約一万年前からと言われている。使役用、愛玩《あいがん》用と目的別に品種改良を重ねてきた犬とは違い、猫はそのころから基本的に変わっていない。それなのに時代によっては魔女の使いと忌《い》み嫌われ、ブームだと言っては持て囃《はや》される。むしろ人間の価値観の変化のほうが、猫の目のようにめまぐるしい。

森村先生は、自他ともに認める猫好きである。本書の「ねこエッセイ」に頻繁《ひんぱん》に登場するちび黒の話も、雑談の折りによく伺った。あるとき教室生の有志とご自宅に訪問し、先生を囲んでいると、なんだかいつものお元気がない。おそらく先代の、模様がハートマークになっているメイのことだと思うが、可愛がっておられた猫が死んでしまったのだという。

「だから今、ペットロスなんだよね」と、先生は少し遠い目をなさった。

我々教室生にしてみれば、森村誠一といえば雲の上の人である。社会的なテーマを取り扱ってきた大作家が、ちっぽけな猫の死に胸を痛めている様子は、なぜだか妙に心に残った。

残念ながら我々がお邪魔するのは離れのほうで、そちらに猫はやって来ず、先生ご自慢のメイにもちび黒にもお目にかかったことはない。だが猫っ可愛がりというのではなく、ほどよく放任で、昔ながらの人と猫らしい、いいつき合いをなさっているようだ。

　ちび黒が連れて来るという、野良たちのネーミングもいい。「代黒《だいこく》」「茶釜」「因幡《いなば》」「パンダ」「アメショー」、実物に会ったことがなくとも、どんな猫なのかだいたいの想像はつく。軽やかに生きる猫の名には、凝《こ》ったものより「ミケ」だの「トラ」だの「ソックス」だの、一目瞭然な名前が似合う。

　そんな猫好きの先生だから、作品にもちらほらと猫が登場する。だがどこかの有名な三毛猫のように、事件を解決する探偵役として大活躍したりはしない。本書をすでに読まれた方はお気づきと思うが、猫たちはたいてい殺されたり虐待されたり拐《かどわか》されたり、災難にばかり遭っている。たとえ事件を解決に導いたとしても、命を賭《と》してだったりする。

　なぜ愛猫家のはずの森村先生が、猫たちをひどい目に遭わせるのか。可愛さ余ってというやつなのか。長年の疑問であったが、本書の「ねこエッセイ」を読んでいて、ふと先生が我々によく話してくださった、熊谷空襲のことを思い出した。

熊谷出身の森村先生が、昭和二十年八月十四日深夜から十五日未明にかけての熊谷空襲で焼け出された事実は、多くのエッセイやインタビュー記事で語られていることでもあり、森村誠一ファンならよく知っておられよう。先生は当時、十二歳の多感な少年だった。

炎に迫られつつもお父様のとっさの判断で一家全員が生き延びたこと、見慣れた風景が一面焼け野原となってしまったこと、近所を流れる星川《ほしかわ》には死体が累々と横たわり、その中に初恋の女の子を見つけてしまったこと、ご自宅が、多くの蔵書と共にすっかり焼けてしまったこと。

何度も聞かせていただいたから覚えている。先生は七十年以上経《た》っても胸にくすぶる怒りを言葉に乗せ、そして必ずこうつけ加える。「うちで飼っていた猫も、行方不明になってしまった」

その日の正午、終戦を報《しら》せる玉音放送がラジオから流れ始める。日本政府から発したポツダム宣言の受け入れの通知は、わずかに間に合わなかった。政府がポツダム宣言受諾を迷って二日間も放置しなければ、熊谷空襲はなく、市民の尊い命は守られたはずだった。

十二歳だった森村先生は、「これでうんと本が読める」と終戦を喜んだそうだ。初恋の女の子や可愛がっていた飼い猫の命と引きかえに、やってきた平和だった。ゆえに森村先生の深層心理には、そのときの猫の犠牲の尊さが刻みつけられているのではないかと推察する。森村作品に幾度となく登場する「ただ一人の異性」にもまた、失われた初恋が深く根づいているのではあるまいか。

猫は平和の象徴に、女は永遠へと昇華した。ミステリ作家である以上その作品には事件が起こり、大小の平和が脅《おびや》かされる。つまり、猫は常に脅かされる側なのである。

そして先生は、今の時代に警鐘を鳴らす。集団的自衛権の行使が容認され、日本は戦争のできる国になった。アメリカ大統領は過激発言を繰り返し、北の国は幾度となくミサイルを撃ってくる。この国の未来を想像すると、あまり明るい気持ちにはなれない。

だが平和が脅かされるということは、人だけではなく猫も脅かされるということだ。猫以外のペットも、家畜も、あらゆる動物が巻き込まれる。

ペットブームという無責任な言葉がはびこっているが、一度我が家に迎えたからには、その動物が天寿を全うするまでは、なにがなんでも生命を守ってやらねばならない。動物と共に在る人間は、平和の守り手であるべきなのだ。

猫のいる風景は平和である。ふらりと訪れた町の猫たちが幸せそうだと、いい町だと感心する。やや謎めいていてその身に野性を残し、「どっこい生きてる」野良猫たち。彼らの姿が見えない街角は、たしかに寂しい。

私のお決まりの散歩コースにも、顔なじみの猫がいるポイントがいくつかある。「にゃー」と鳴いて呼ぶわりに、ちっとも触らせてくれない奴らである。それでもしばらく姿を見せないと、どうしたのかと心配になり、少し離れたところで見かけると、なんだ河岸《かし》を変えたのかとホッとする。

近ごろは猫の保護活動が盛んになり、殺処分ゼロを目指して駅前で募金を呼びかける人の姿をよく見かける。不妊手術を施して、地域のコミュニティーで見守られている地域猫は、耳に切れ目が入っているのですぐ分かる。

その気運が猫にとっていいことなのかどうか、人間ごときの私にはよく分からないが、ヒト社会で生きる動物になってしまった以上、少しずつ関係を見直しながらつき合っていかねばならないのだろう。

そのあたりのことは私も『虹猫喫茶店』という小説に書いているので、「ねこ」の二文字に惹《ひ》かれて本書を手に取られた読者のみなさんは頭の片隅に入れておいてほしい。いや、できることなら買って読んでほしい。宣伝である。

最後に私は森村先生の「ねこ写真俳句」の中でも、特にこの句が好きである。

「花を嗅ぐ風流猫や予定なく」

猫と人がいつまでもこの国で、平和にいられますようにと祈るばかりである。

二〇一七年八月一日

本書は文庫オリジナルです。

|著者| 森村誠一　1933年埼玉県熊谷市生まれ。青山学院大学卒。９年余のホテルマン生活を経て、1969年に『高層の死角』で江戸川乱歩賞を、1973年に『腐蝕の構造』で日本推理作家協会賞を受賞。1976年、『人間の証明』でブームを巻き起こし全国を席捲、『悪魔の飽食』で731部隊を告発して国際的な反響を得た。『忠臣蔵』など時代小説も手がけ、精力的な執筆活動を行なっている。2004年、第７回日本ミステリー文学大賞を受賞。デジカメ片手に俳句を起こす表現方法「写真俳句」も提唱している。2011年、講談社創業100周年記念書き下ろし作品『悪道』で、吉川英治文学賞を受賞する。2015年、作家生活50周年を迎えた。
森村誠一ホームページアドレス　http://morimuraseiichi.com

ねこの証明《しょうめい》

森村誠一《もりむらせいいち》

2017年９月14日第１刷発行
2022年１月19日第３刷発行

発行者――鈴木章一
発行所――株式会社　講談社
東京都文京区音羽2-12-21　〒112-8001
電話　出版　(03) 5395-3510
　　　販売　(03) 5395-5817
　　　業務　(03) 5395-3615

Printed in Japan

講談社文庫
定価はカバーに
表示してあります

KODANSHA

デザイン―菊地信義
本文データ制作―講談社デジタル製作
印刷―――豊国印刷株式会社
製本―――株式会社国宝社

ISBN978-4-06-293767-2

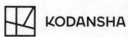

講談社文庫刊行の辞

二十一世紀の到来を目睫に望みながら、われわれはいま、人類史上かつて例を見ない巨大な転換期をむかえようとしている。

世界も、日本も、激動の予兆に対する期待とおののきを内に蔵して、未知の時代に歩み入ろうとしている。このときにあたり、創業の人野間清治の「ナショナル・エデュケイター」への志を現代に甦らせようと意図して、われわれはここに古今の文芸作品はいうまでもなく、ひろく人文・社会・自然の諸科学から東西の名著を網羅する、新しい綜合文庫の発刊を決意した。

激動の転換期はまた断絶の時代である。われわれは戦後二十五年間の出版文化のありかたへの深い反省をこめて、この断絶の時代にあえて人間的な持続を求めようとする。いたずらに浮薄な商業主義のあだ花を追い求めることなく、長期にわたって良書に生命をあたえようとつとめるところにしか、今後の出版文化の真の繁栄はあり得ないと信じるからである。

同時にわれわれはこの綜合文庫の刊行を通じて、人文・社会・自然の諸科学が、結局人間の学にほかならないことを立証しようと願っている。かつて知識とは、「汝自身を知る」ことにつきていた。現代社会の瑣末な情報の氾濫のなかから、力強い知識の源泉を掘り起し、技術文明のただなかに、生きた人間の姿を復活させること。それこそわれわれの切なる希求である。

われわれは権威に盲従せず、俗流に媚びることなく、渾然一体となって日本の「草の根」をかたちづくる若く新しい世代の人々に、心をこめてこの新しい綜合文庫をおくり届けたい。それは知識の泉であるとともに感受性のふるさとであり、もっとも有機的に組織され、社会に開かれた万人のための大学をめざしている。大方の支援と協力を衷心より切望してやまない。

一九七一年七月

野間省一

南　杏子　希望のステージ
村上　龍　愛と幻想のファシズム(上)(下)
村上　龍　村上龍料理小説集
村上　龍　村上龍映画小説集
村上　龍　新装版 限りなく透明に近いブルー
村上　龍　新装版 コインロッカー・ベイビーズ
村上　龍　歌うクジラ(上)(下)
向田邦子　新装版 眠る盃
向田邦子　新装版 夜中の薔薇
村上春樹　風の歌を聴け
村上春樹　1973年のピンボール
村上春樹　羊をめぐる冒険(上)(下)
村上春樹　カンガルー日和
村上春樹　回転木馬のデッド・ヒート
村上春樹　ノルウェイの森(上)(下)
村上春樹　ダンス・ダンス・ダンス(上)(下)
村上春樹　遠い太鼓
村上春樹　国境の南、太陽の西
村上春樹　やがて哀しき外国語

村上春樹　アンダーグラウンド
村上春樹　スプートニクの恋人
村上春樹　アフターダーク
村上春樹 佐々木マキ絵　羊男のクリスマス
村上春樹 佐々木マキ絵　ふしぎな図書館
村上春樹 糸井重里　夢で会いましょう
村上春樹・文 安西水丸・絵　ふわふわ
U・K・ル＝グウィン 村上春樹訳　空飛び猫
U・K・ル＝グウィン 村上春樹訳　帰ってきた空飛び猫
U・K・ル＝グウィン 村上春樹訳　素晴らしいアレキサンダーと、空飛び猫たち
U・K・ル＝グウィン 村上春樹訳　空を駆けるジェーン
T・ファリッシュ著 B・ルート絵 村上春樹訳　ポテト・スープが大好きな猫
群ようこ　いいわけ劇場
村山由佳　天翔る
睦月影郎　密通妻
睦月影郎　快楽のリベンジ
睦月影郎　快楽ハラスメント
睦月影郎　快楽アクアリウム
向井万起男　渡る世間は「数字」だらけ

村田沙耶香　授乳
村田沙耶香　マウス
村田沙耶香　星が吸う水
村田沙耶香　殺人出産
村瀬秀信　気がつけばチェーン店ばかりでメシを食べている
村瀬秀信　それでも気がつけばチェーン店ばかりでメシを食べている
虫眼鏡　東海オンエアの動画が6.4倍楽しくなる本〈虫眼鏡の概要欄 クロニクル〉
室積光　ツボ押しの達人
室積光　ツボ押しの達人 下山編
森村誠一　悪道
森村誠一　悪道 西国謀反
森村誠一　悪道 御三家の刺客
森村誠一　悪道 五右衛門の復讐
森村誠一　悪道 最後の密命
森村誠一　ねこの証明
毛利恒之　月光の夏
森博嗣　すべてがFになる〈THE PERFECT INSIDER〉
森博嗣　冷たい密室と博士たち〈DOCTORS IN ISOLATED ROOM〉
森博嗣　笑わない数学者〈MATHEMATICAL GOODBYE〉

講談社文庫　目録

森　博嗣　詩的私的ジャック〈JACK THE POETICAL PRIVATE〉
森　博嗣　封　印　再　度〈WHO INSIDE〉
森　博嗣　幻惑の死と使途〈ILLUSION ACTS LIKE MAGIC〉
森　博嗣　夏のレプリカ〈REPLACEABLE SUMMER〉
森　博嗣　今はもうない〈SWITCH BACK〉
森　博嗣　数奇にして模型〈NUMERICAL MODELS〉
森　博嗣　有限と微小のパン〈THE PERFECT OUTSIDER〉
森　博嗣　黒猫の三角〈Delta in the Darkness〉
森　博嗣　人形式モナリザ〈Shape of Things Human〉
森　博嗣　月は幽咽のデバイス〈The Sound Walks When the Moon Talks〉
森　博嗣　夢・出逢い・魔性〈You May Die in My Show〉
森　博嗣　魔　剣　天　翔〈Cockpit on knife Edge〉
森　博嗣　恋恋蓮歩の演習〈A Sea of Deceits〉
森　博嗣　六人の超音波科学者〈Six Supersonic Scientists〉
森　博嗣　捩れ屋敷の利鈍〈The Riddle in Torsional Nest〉
森　博嗣　朽ちる散る落ちる〈Rot off and Drop away〉
森　博嗣　赤　緑　黒　白〈Red Green Black and White〉
森　博嗣　四季　春～冬
森　博嗣　φ《ファイ》は壊れたね〈PATH CONNECTED φ BROKE〉

森　博嗣　θ《シータ》は遊んでくれたよ〈ANOTHER PLAYMATE θ〉
森　博嗣　τ《タウ》になるまで待って〈PLEASE STAY UNTIL τ〉
森　博嗣　ε《イプシロン》に誓って〈SWEARING ON SOLEMN ε〉
森　博嗣　λ《ラムダ》に歯がない〈λ HAS NO TEETH〉
森　博嗣　η《イータ》なのに夢のよう〈DREAMILY IN SPITE OF η〉
森　博嗣　目薬α《アルファ》で殺菌します〈DISINFECTANT α FOR THE EYES〉
森　博嗣　ジグβ《ベータ》は神ですか〈JIG β KNOWS HEAVEN〉
森　博嗣　キウイγ《ガンマ》は時計仕掛け〈KIWI γ IN CLOCKWORK〉
森　博嗣　χ《カイ》の悲劇〈THE TRAGEDY OF χ〉
森　博嗣　ψ《プサイ》の悲劇〈THE TRAGEDY OF ψ〉
森　博嗣　イナイ×イナイ〈PEEKABOO〉
森　博嗣　キラレ×キラレ〈CUTTHROAT〉
森　博嗣　タカイ×タカイ〈CRUCIFIXION〉
森　博嗣　ムカシ×ムカシ〈REMINISCENCE〉
森　博嗣　サイタ×サイタ〈EXPLOSIVE〉
森　博嗣　ダマシ×ダマシ〈SWINDLER〉
森　博嗣　女王の百年密室〈GOD SAVE THE QUEEN〉
森　博嗣　迷宮百年の睡魔〈LABYRINTH IN ARM OF MORPHEUS〉
森　博嗣　赤目姫の潮解〈LADY SCARLET EYES AND HER DELIQUESCENCE〉

森　博嗣　まどろみ消去〈MISSING UNDER THE MISTLETOE〉
森　博嗣　地球儀のスライス〈A SLICE OF TERRESTRIAL GLOBE〉
森　博嗣　今夜はパラシュート博物館へ〈THE LAST DIVE TO PARACHUTE MUSEUM〉
森　博嗣　虚空の逆マトリクス〈INVERSE OF VOID MATRIX〉
森　博嗣　レタス・フライ〈Lettuce Fry〉
森　博嗣　僕は秋子に借りがある I'm in Debt to Akiko〈森博嗣自選短編集〉
森　博嗣　どちらかが魔女 Which is the Witch?〈森博嗣シリーズ短編集〉
森　博嗣　探偵伯爵と僕〈His name is Earl〉
森　博嗣　喜嶋先生の静かな世界〈The Silent World of Dr.Kishima〉
森　博嗣　実験的経験〈Experimental experience〉
森　博嗣　そして二人だけになった〈Until Death Do Us Part〉
森　博嗣　つぶやきのクリーム〈The cream of the notes〉
森　博嗣　つぼやきのテリーヌ〈The cream of the notes 2〉
森　博嗣　つぼねのカトリーヌ〈The cream of the notes 3〉
森　博嗣　ツンドラモンスーン〈The cream of the notes 4〉
森　博嗣　つぼみ茸《きのこ》ムース〈The cream of the notes 5〉
森　博嗣　つぶさにミルフィーユ〈The cream of the notes 6〉
森　博嗣　月夜のサラサーテ〈The cream of the notes 7〉
森　博嗣　つんつんブラザーズ〈The cream of the notes 8〉

2021年12月15日現在